12

八男？別鬧了！

Y.A

Kadokawa Fantastic Novels

彩頁、內文插圖／藤ちょこ

CONTENTS

八男？別鬧了！⑫

第一話　不可能這麼順利開通

「領民們慌張地跑來找我，說山坡突然崩塌，出現一個洞窟，而且還有人從裡面走出來，害我嚇了一跳呢。」

將貫穿利庫大山脈的縱貫隧道出口的土石回收完畢後，我們走出隧道，看見一片與現代隧道截然不同，講好聽點是充滿自然風光，講難聽點是鄉下的風景。

原本在悠閒耕田的農民們，被我們的登場嚇了一跳，然後其中一人就去把上面的人找來了。

來人是個看似領主，外表約四十歲的男子。

他的打扮比我父親以前的服裝還要寒酸，只能勉強看出是個貴族。

不過真是令人驚訝。

居然有看起來比以前的鮑麥斯特騎士領地還要貧困的貴族領地。

男子身邊有個二十歲出頭、給人和善印象的青年，大概是他的繼承人吧。

青年的打扮也和父親一樣。

在兩人後面，則是去通報的農民，以及一位年約七十歲的老人。

那個老人應該是管家或家臣。

他們給人的感覺就和我老家一樣，所以我才看得出來。

畢竟鄉下貴族的管家，通常不會像艾莉絲家的賽巴斯汀那樣穿著管家服。

「不好意思，其實……」

聽完我的說明後，他們顯得非常驚訝。

「沒想到居然有那種隧道。」

「是我認識的考古學者研究的成果。」

「原來如此。」

中年領主看向厄尼斯特，露出佩服的表情。

一旁的繼承人和管家也一樣。

「然後，出口是開在我們的領地裡嗎？」

「是的，另外我還想請問一件事，這裡是哪裡啊？」

「接下來的事情，請先移駕寒舍再談吧。雖然只有粗茶，但請讓我招待各位。」

我們指派湯瑪斯他們駐守隧道的出入口後，就不客氣地接受這位中年領主的邀請。

在他的帶領下，我們穿過田地，走下位於山坡的田地，然後又穿過另一塊田地……

因為接下來也都是田地，所以就不贅述了，但之後逐漸看見幾戶零星的人家。

「（比之前的鮑麥斯特騎士領地的領主館還要簡陋……）」

「（噓！）」

艾爾講話太失禮，我趕緊摀住他的嘴巴。

雖然他說的沒錯，但要是被人聽見會很不妙。

「如各位所見，奧伊倫貝爾格騎士領地是個寧靜的農村……」

在前往官邸的路上，我們雙方互相打招呼。

這位中年貴族名叫西格・法蘭克・馮・奧伊倫貝爾格，是統治這塊約有三百人居住的農村地區的騎士。

那位年輕人跟我猜的一樣是繼承人，他表示自己叫法伊特・法蘭克・馮・奧伊倫貝爾格。

老人則自稱是管家凱歐庫。

如果沒有好好介紹，就算說他們全是農民也不會顯得不自然……

「我是威德林・馮・班諾・鮑麥斯特伯爵。」

我跟著自我介紹完後，三人不知為何突然當場下跪。

這個突如其來的舉動，讓我和艾莉絲都難掩驚訝。

「那個……奧伊倫貝爾格卿，我們都同樣是王國貴族。」

我連忙請他們起身。

無論奧伊倫貝爾格騎士領地的規模再怎麼小，他們依然是由王國授予領地與爵位的正式貴族。

向同為貴族的我下跪實在不怎麼妥當。

「雖然像奧伊倫貝爾格騎士領地這種鄉下地方，很難取得外界的情報，但就連我們都聽說過鮑麥斯特伯爵大人的威名。非常感激您光臨這個偏僻的領地……」

「我說啊……」

明明我們同樣都是貴族，奧伊倫貝爾格卿卻表現得極度卑微。

他的兒子和管家也一樣，但過度卑微的態度，反而會讓我們覺得不舒服。

「難得大英雄鮑麥斯特伯爵大人光臨這裡，我們卻無法好好招待您……」

「我們不是為了這個目的而來，所以請別在意……」

「但我們還是覺得非常愧疚。」

「……」

奧伊倫貝爾格騎士領地的領主館比鮑麥斯特騎士領地的小，而且更為破舊。

這讓我忍不住產生「比上不足，比下有餘」的失禮想法。

「對不起，我們的房子非常破舊。」

「啊哈哈……」

不管說什麼，這個人都不改卑微的態度。

我們放棄說服他，走進這棟與其說是領主館，更像大戶農家的建築物。

屋內的狀況，也和以前的鮑麥斯特騎士領地的領主館有得比。

赫爾曼哥哥在繼承爵位後，有稍微改建過，所以現在已經比這裡好一點。

我們被帶到客廳入座，接著一位年紀與奧伊倫貝爾格卿差不多的中年婦女，端著茶走了進來。

婦女身材豐腴，看起來非常健康。

「她是我的妻子，蘿潔。」

「我們家沒有女僕，所以由我來招呼各位。大家平常都忙著務農。」

即使是以前的鮑麥斯特騎士領地，還是有僱用行將就木的老婦人充當女僕。

不過奧伊倫貝爾格騎士領地沒有幫傭，所以是由領主夫人親自泡茶。

雖然艾莉絲平常也會泡茶或煮飯，但僅限於在家裡或戰場上的時候。

現在如果有客人來訪，都是由家裡的女僕負責泡茶。

「或許是口渴了，感覺這茶真好喝。」

露易絲一下就把茶喝完，然後拜託蘿潔再替她添茶。

和以前的鮑麥斯特騎士領地不同，這裡的人不會用接近白開水的瑪黛茶敷衍了事。

光是他們會好好招待客人這點，就已經比我以前的老家誠實和善良了。

「這個茶點，是蒸過的『馬洛薯』嗎？」

我是第一次看見這種食材，但伊娜似乎知道這種蔬菜。

外表看起來像是蕃薯和馬鈴薯加起來除以二。

皮是鮮豔的黃色，用和蒸蕃薯一樣的方式調理。

以貴族提供的茶點來說，是有點不妥，但吃過就會發現這個又甜又好吃。

我一直不曉得有這種薯類，感覺真是虧大了。

「這個茶點真好吃。」

「夫人，可以再給吾輩一份嗎？」

不只女性成員，艾爾和厄尼斯特也對這個茶點讚譽有加。

而且厄尼斯特連在這種場合都能若無其事地要求再來一份，讓我感到有點羨慕。

不過如果再給我一份，我當然還是會吃。

「艾莉絲，妳知道這種薯類嗎？」

「伊娜小姐說的『馬洛薯』，我也曾經聽過，但今天是我第一次看見實物。」

「連艾莉絲都沒看過實物啊。」

「畢竟就連在布雷希洛德藩侯領地內，也只有偶爾能買得到。」

換句話說，就是類似「地方特產」的東西。

因為生產量太少，所以很少在市面上流通。

「咦？這表示這裡離布雷希洛德藩侯領地很近嗎？」

「說很近好像也不太對？因為這裡是個被布雷希洛德藩侯領地環繞的狹小領地。」

態度總算變得沒那麼卑微的奧伊倫貝爾格卿，在桌上攤開一張地圖。

「王國的南部地區，可以簡單分成幾個部分，利庫大山脈以南是鮑麥斯特伯爵領地，西北部是布雷希洛德藩侯領地，東北部則是小領主混合領域。」

「是這樣沒錯。」
我也跟著確認自己帶來的地圖。
「雖然不是每份地圖都會記載，但在被劃分為布雷希洛德藩侯領地的部分，其實還有幾個小貴族領地。」
這些領地的規模全都和奧伊倫貝爾格騎士領地差不多。
雖然有幾個像這樣的騎士領地，但知名度可想而知。
「人口大約是兩百到五百人，而且真的都是些微不足道的騎士領地。奧伊倫貝爾格騎士領地的位置是在這裡。」
奧伊倫貝爾格騎士領地的位置，和厄尼斯特預測的隧道出口所在地誤差不大。
唯一不同的，就只有這裡不是布雷希洛德藩侯領地，而是奧伊倫貝爾格騎士領地這項事實。
「原來如此。這樣事情就簡單了。」
「事情就簡單了？」
奧伊倫貝爾格卿似乎無法理解我的意思。
「沒錯。我們發現了貫穿利庫大山脈的隧道，所以想啟用這條隧道。既然隧道的出入口開在奧伊倫貝爾格卿的領地內，希望你也能夠提供協助。」
「咦？要我幫忙嗎？」
「呃，畢竟隧道的出入口是開在奧伊倫貝爾格騎士領地內……」

再加上這條隧道的相關權利，有一半是屬於奧伊倫貝爾格卿。

這是因為隧道上方那部分的利庫大山脈，在文件上是隸屬於奧伊倫貝爾格騎士領地。

那裡是翼龍和飛龍棲息的地區，所以能否有效支配又是另一回事。

「事情就是這樣，希望奧伊倫貝爾格卿也能派士兵駐守隧道。相對地，只要收取過路費就能大賺一筆。」

雖然魔導飛行船的班次增加了，但除非找到新的飛行船，否則不可能再增開班次，而且運費太高也是個缺點。

走隧道比較花時間，不過還是遠比像以前那樣走山路快。

這麼一來，小規模的商會和獨立經營的商人也比較容易參與，只要流通增加，就能為鮑麥斯特伯爵領地帶來莫大的利益。

「當然奧伊倫貝爾格騎士領地也是如此。恭喜你了。」

出入口不是開在布雷希洛德藩侯領地，對布雷希洛德藩侯來說或許是件壞事，但站在我的立場，只要有人能管理另一側的出入口就行了。

「由我來管理嗎？」

「是的，有什麼不妥嗎？」

「不可能！我辦不到啦！」

「我也一樣！」

明明是件好事，奧伊倫貝爾格卿和他的繼承人卻拚命抗拒，讓我們全都一臉困惑。

「「布雷希洛德藩侯大人！哎呀——」」

「那個……我們都同樣是王國貴族……」

奧伊倫貝爾格卿拒絕派人駐守和管理隧道，我在困惑之下，只好趕緊用「瞬間移動」將布雷希洛德藩侯和布蘭塔克先生帶來這裡。

然後奧伊倫貝爾格父子一看見布雷希洛德藩侯，就再次開始下跪，布雷希洛德藩侯則是勸他們起身，這場景感覺似曾相識。

「（又來啦……）」

「（威爾，我覺得不管對他們說什麼都沒用。畢竟他們很少有機會和大貴族見面……）」

伊娜小聲地對我說道。

的確，過去應該也不會有大貴族特地造訪這裡。

「你們父子為什麼要表現得這麼卑微？我們都同樣是貴族……」

雖然這當然只是場面話，但如果他們一直這樣，布雷希洛德藩侯也會感到困擾。

如果其他貴族因此誤會，這或許會被當成中傷布雷希洛德藩侯的材料。

「話說回來……」

奧伊倫貝爾格父子好不容易冷靜下來後，換布雷希洛德藩侯沮喪地露出陰沉的表情。

因為命運的安排，讓大隧道的出入口不是開在他的領地內。

「伯爵大人，你怎麼沒事先確認呢。」

「可是這份地圖，是王國政府出的正式版本。何況即使事先確認過，最後還是無法迴避這個問題吧？」

布蘭塔克先生，我覺得這件事怎麼想都不是我的責任。

「是這樣沒錯……但如果事先就知道，至少能夠早點擬定對策。」

「不過地圖上也沒記載。按照這份地圖，這裡應該是布雷希洛德藩侯領地。地圖正確與否，應該不是我的責任吧。」

「你這樣講，我就無話可說了。」

地圖算是軍事情報，所以王國軍也有參與製作。

每個貴族家都不想洩漏自己領地的情報，所以王國軍會祕密派人去製作詳細的地圖……原本應該是這樣，但這份地圖不知為何沒有記載奧伊倫貝爾格騎士領地以下的幾個小領地。

「而且這份地圖還是今年剛出不久的版本。」

「真的耶。明明直到去年都還有正常記載，為什麼突然被刪除了？真是的！偷懶也要有個限度！」

如果是其他地圖，經常會因為缺乏必要性而省略記載，但王國政府出的正式版通常不會這麼做。

布雷希洛德藩侯生氣地拿出魔導行動通訊機，聯絡某個人物。

「通訊用的魔法道具！」

「父親，我們家根本就買不起那種道具。真不愧是布雷希洛德藩侯大人。」

「老爺，我活到這把年紀，還是第一次親眼看見實物。」

「我也只有小時候在城裡看過一次。」

「父親，大貴族真是厲害。」

明明是貴族，卻表現得像小老百姓的父子，和管家一起羨慕地看向布雷希洛德藩侯的魔導行動通訊機。

他們的樣子，就像是初次目睹文明利器的原始部族。

「……感覺步調都被打亂了……是艾德格軍務卿嗎？」

布雷希洛德藩侯聯絡的是艾德格軍務卿，在製作地圖方面，他是最高負責人。製作地圖算是在王國軍的管轄範圍內，所以負責人當然是他。

「關於今年度的地圖……」

『你說什麼——！』

布雷希洛德藩侯才剛說明完詳情，就響起一陣連我們這裡都聽得見的怒吼。聲音的主人不用說也知道是艾德格軍務卿，看來他也不曉得這件事。

『鮑麥斯特伯爵在嗎！』

「是的，他在我旁邊。」

『請他來接我！』

於是我用「瞬間移動」前往王城，再直接帶艾德格軍務卿過來。

除此之外，還有一位像小動物般發抖的名譽貴族與我們同行……

我親眼看見了。

艾德格軍務卿生氣地跑去一個叫王國國土院的機關罵人。

然後，他揪住負責製作地圖的名譽貴族的脖子。

那幅光景，可怕到足以和導師的戰鬥場面匹敵。

「梅塞子爵！請你說明一下這是怎麼回事！」

名叫梅塞子爵的初老貴族，被我和艾德格軍務卿押到布雷希洛德藩侯面前，跪在奧伊倫貝爾格領主館的地上。

不知為何，奧伊倫貝爾格父子和管家也跪在他的旁邊……

「我說鮑麥斯特伯爵。這三個人做了什麼壞事嗎？」

「關於這件事……」

「義父，那三個人只是在看見本來以為是雲端上存在的閣僚級大貴族後，感到緊張而已。」

艾德格軍務卿的養女薇爾瑪代替我說明狀況。

「原來如此……不過我們同樣都是王國貴族，這樣讓人有點困擾……」

奧伊倫貝爾格父子表現得太過卑微，稍微澆熄了艾德格軍務卿的怒氣。

從某方面來看，也可以說是他們救了梅塞子爵。

「唉，梅塞子爵，你的責任並不會因為這樣就減輕喔。」

布雷希洛德藩侯開口提醒一看見艾德格軍務卿消氣，就跟著鬆了口氣的梅塞子爵。

「是的……我非常清楚。」

「那就好。」

因為梅塞子爵在製作地圖時偷工減料，我們才會以為隧道的出口位於布雷希洛德藩侯領地。

雖然不曉得這能不能稱得上罪名，但他確實害情況變得混亂。

畢竟對一個人口只有三百人的貴族領地來說，管理大隧道的工作實在太過沉重了。

「我先問你。為什麼事情會變成這樣？」

雖然已經不像剛才那麼生氣，但艾德格軍務卿追究梅塞子爵時的眼神依然充滿殺氣。

滿臉驚恐的梅塞子爵，沒有特別抵抗就開始說明狀況。

「為了削減經費，我改找了其他工房製作地圖……」

地圖和書本不同，印刷起來非常困難，例如每年地形的細微變化、貴族領地的增減、統治領地的貴族家更迭，或是成功測量了過去未抵達的土地，有許多瑣碎的變化。

製作地圖需要花費大量的勞力與經費，梅塞子爵似乎非常努力在削減經費。

「削減經費屬於梅塞子爵的職權範圍，所以我不打算過問，但偷工減料還是不太好吧。」

「可是……這真的不是什麼大不了的失誤。」

確實，這原本應該是不會有人在意的失誤。

畢竟在被指出來前，就連艾德格軍務卿和布雷希洛德藩侯都沒有發現錯誤。

王國政府是由一群人所組成，這種程度的失誤也算是在所難免。

「不過，這就要怪梅塞子爵運氣不好了。」

「怎麼這樣……」

沒錯，梅塞子爵運氣不好。

一般來說，這種程度的失誤並不會被處罰。

甚至連會不會被發現都很難講。

即使不知道在布雷希洛德藩侯領地境內還有幾個小領地，也幾乎不會有人感到困擾。

「因為梅塞子爵的失誤，這下隧道一定會延遲開通。這件事當然也會傳到陛下的耳裡。」

「傳到陛下的耳裡？」

「那當然。陛下非常關注南部鮑麥斯特伯爵領地的開發事業。明明能夠促進開發的隧道依然維持完好無缺的狀態，卻因為這種理由延遲開通。你覺得蒙混得過去嗎？」

「不……不覺得……」

「疏於檢查的我也有責任，所以不會公開處罰你。」

「我也得負沒有好好檢查的責任。」

布雷希洛德藩侯也跟著表示自己在地圖完成時沒有指出錯誤，必須一起負責。

不過即使如此，梅塞子爵還是無法免責。可憐的梅塞子爵，應該會因此失去現在的職位和當家的身分。

對外的理由，應該會是生重病需要療養吧。

許多貴族都是像這樣以一般平民無從得知的方式負起責任。同樣的事情也可能會發生在我身上，所以平常得謹慎小心才行。

「那麼，現在該怎麼辦？」

「這應該不是我們能夠決定的事情。」

「說得也是。鮑麥斯特伯爵，又要麻煩你了。」

「好的。」

我再次施展「瞬間移動」，帶著已經燃燒殆盡的梅塞子爵和艾德格軍務卿前往王都。然後，我又順便帶了幾個艾德格軍務卿指名的人回到奧伊倫貝爾格領主館。

「貫穿利庫大山脈的大型隧道啊。鮑麥斯特伯爵，你發現了一個好東西呢。」

「艾莉絲，孫女婿，你們看起來過得不錯，真是太好了。」

「鮑麥斯特伯爵，之後請讓我參觀隧道。」

「伊修柏克伯爵的作品啊。感覺很有參考價值。」

盧克納財務卿、霍恩海姆樞機主教、雷里希商務卿，和魔導公會的研究部長貝肯鮑爾先生，我帶著這些和隧道有關或對隧道有興趣的大人物回到了奧伊倫貝爾格領主館的客廳。

「艾爾看起來也過得不錯。晚點讓我聽聽內戰的事情吧。」

瓦倫先生也一起跟來，向他的弟子艾爾搭話。

雖然他並不喜歡殺人，但還是對經歷過實戰並立下功勞的弟子感到羨慕。

所以他拜託艾爾和他分享那些事。

「……瓦倫師傅？這表示……」

瓦倫先生是近衛騎士團的中隊長，所以並非會被叫來這裡的重要人物。

然而某個必須由他擔任護衛的人士突然決定出席。

「既然事情變得這麼複雜，還是讓陛下親自出面會比較好處理。」

「這也是節省時間與精力的訣竅。畢竟國王平常可是很忙的。朕今天帶了瓦倫一起過來，這裡又有許多將帝國內亂導向勝利的精銳。朕在這裡應該很安全吧？」

「陛下也來啦……」

就連布雷希洛德藩侯也對陛下親自出席這點難掩驚訝。

「這種事還是早點討論比較好。」

「感激不盡。」

像布雷希洛德藩侯這種程度的大貴族，已經習慣和陛下對話。

我現在也不像以前那麼緊張了。人果然還是需要習慣。

然而不僅是陛下，就連閣僚級的大貴族、在中央極有權威的公會大幹部，以及教會的樞機主教都接連出現在自己家裡，這似乎讓某些人的精神狀態到達極限。

「親愛的，奧伊倫貝爾格卿他們……」

「威爾，他們從剛才開始就一直跪著沒動。」

在艾莉絲與伊娜的提醒下，我看向一直跪在地上動也不動的奧伊倫貝爾格父子和管家。

「真可憐……在這麼短的時間內，接連看見肩負著國家中樞的大人物……」

「大部分的王國貴族，一輩子都不會有這種經驗……該說是光榮……還是令人同情呢……」

露易絲和薇爾瑪對至今仍跪在地上動也不動的奧伊倫貝爾格父子投以同情的視線。

「對了，鮑麥斯特伯爵。」

「是的。」

「這些人為何表現得如此卑微？」

「這個嘛……」

「因為這裡地處偏遠，所以他們應該沒想到會在襲爵儀式以外的場合與陛下見面吧？」

卡特琳娜代替我說明狀況。

「原來如此……奧伊倫貝爾格卿與其公子，你們可以平身了，不必多禮。」

「非常抱歉！居然在這種地方擁有領地！」

「身為繼承人，真是非常抱歉！」

奧伊倫貝爾格父子，不知為何拚命向陛下道歉。

陛下也覺得莫名其妙。

「看來是沒望了……」

這些人不可能有辦法警備和管理隧道。

我做好可能意外地要花上不少時間，才能解決這件事的覺悟。

「這叫馬洛薯啊，真是不錯的茶點。」

「只能拿出這種東西招待陛下，讓小人深感惶恐……」

「食物不分貴賤。只要好吃，接受招待的客人也會開心。」

「這是我們領地的特產。」

「原來如此。光是蒸過就能產生這種優雅的甜味。比起不入流的點心，朕還比較喜歡這種茶點。」

因為相關人士都到齊了，我們繼續討論隧道的事。

我們將奧伊倫貝爾格領主館的客廳當成會議室，瓦倫先生、艾爾、伊娜、露易絲、薇爾瑪、布蘭塔克先生和卡特琳娜都守在牆邊，如果有暗殺者襲擊這裡，應該一瞬間就會沒命吧。

艾莉絲則是和奧伊倫貝爾格卿的夫人，一起幫大家送茶與充當茶點的蒸馬洛薯。

和因為接連看見大貴族而表現卑微的奧伊倫貝爾格父子相比，夫人親切地招待陛下。

不管是哪個世界，在關鍵時刻都是女性比較有膽識。

「不過，這在市面上很少看見呢。」

「伊娜以前就知道這個吧？」

「嗯。雖然很少在市面上流通，但我曾在市場上看過一次，所以記住了名字。」

「原來如此。」

「我當時並沒有買。這對小孩子的零用錢來說太貴了。」

能夠種植馬洛薯的地方本來就不多，這附近更是只有奧伊倫貝爾格騎士領地符合條件，所以久久才會出現在布雷希柏格的市場上一次。

在王都周邊的市場，應該更少有機會看見。

「明明這麼好吃。」

「因為種植條件有點特殊。對吧，奧伊倫貝爾格卿？」

「是的。這種作物只能種植在山坡上的田地，而且還必須是日夜溫差大的土地。此外，如果弄錯了土質或種植方法，種出來的馬洛薯就不會甜。」

奧伊倫貝爾格騎士領地與利庫大山脈鄰接。

雖然居民們在山坡上開墾田地種植馬洛薯，但那些地方原本應該會因為飛龍和翼龍的騷擾而無法務農。

然而，奧伊倫貝爾格的山坡是在古代魔法文明崩壞後才形成，所以飛龍和翼龍都不會過來。

奧伊倫貝爾格卿表示這就是這裡能夠種植馬洛薯的原因。

他似乎總算稍微習慣了，在面對伊娜時，就沒表現得那麼卑躬屈膝。

不過其實單就身分來看，是身為貴族家當家的奧伊倫貝爾格卿比較偉大……

「只有這裡才有的特產啊。那可真是貴重。這種高雅的甜味確實很吸引人。」

盧克納財務卿他們似乎也很喜歡馬洛薯的味道。

「那麼，回到隧道的話題，布雷希洛德藩侯，這個問題的重點是什麼？」

「簡單來講，如果隧道另一頭的出入口是開在我的領地內，事情就不會變得這麼麻煩。」

「非常抱歉！」

「我就說這不是奧伊倫貝爾格卿的錯了……」

對奧伊倫貝爾格卿來說，周圍全都是大人物，再加上他缺乏這方面的經驗，所以變得更加畏縮。

不過站在布雷希洛德藩侯他們的立場，奧伊倫貝爾格卿表現得這麼卑微，反而會讓他們感到困擾。

因為大家都同樣是王國貴族，所以這也是理所當然。

如果這樣的事情傳出去，別人會以為他們很傲慢，影響他們的名聲。

地位愈高的貴族，愈在意世間的評價。

「那條隧道規模不小吧。」

「是的。」

不僅單向就有五車道，甚至還有故障車輛專用的避難車道。

內部的照明和空調設備十分完備，提供能源的動力室裡也設置了巨大的魔晶石。

道路和隧道的牆壁是用當時最新的素材與技術製成，只要妥善維護，應該能用上幾千年。

「畢竟魔導飛行船能夠運輸的量有限。」

「雖然必須整修道路，但陸路也有運輸網路會比較好。而且發生戰爭時，魔導飛行船都會被空軍徵用。」

帝國發生內亂時，是因為有妨礙裝置，空軍才沒有徵用魔導飛行船。

不過如果將來再次發生戰爭，難保魔導飛行船不會被軍方徵用。

畢竟之前的裝置已經不在了。

根據艾德格軍務卿的說明，這樣就會對鮑麥斯特伯爵領地的運輸造成影響，所以還是陸路也能通會比較令人安心。

「雖然多少會花點時間，但不管是從時間或運輸量來看，效果都遠比走山路好。成本也比使用魔導飛行船便宜。」

盧克納財務卿也主張應該早點開通隧道。

「站在魔導公會的立場，反正隧道開通後還是能夠進行調查，所以為了王國的經濟著想，應該盡快開通比較好吧？」

貝肯鮑爾先生也持相同意見，不如說這件事根本不會有人反對。

「若要開通隧道，必須先解決幾個問題。首先是考慮到隧道的性質，必須派人駐守才行。」

只要炸毀隧道的出入口，就能妨礙交通，所以隧道可能會成為恐怖攻擊的目標。

即使現在兩國已經議和並進入停戰狀態，帝國依然是假想敵國。

除此之外，也無法保證與鮑麥斯特伯爵家敵對的貴族不會出手妨礙。

「如果讓奇怪的犯罪者或流民隨便出入，也很令人困擾。」

「所以雙方必須僱用一定人數的士兵，派人全天駐守隧道。另外還必須定期進行檢查和補修。」

「錢的問題……不對，這部分靠過路費就綽綽有餘，不如說反而會獲取龐大的利益。」

盧克納財務卿明白錢並不是最大的問題。

「如果去程和回程的過路費不同會造成混亂，所以要和鮑麥斯特伯爵一起協議決定。單趟收個一百分，應該就夠了吧。」

「是啊。這樣的過路費，應該比較多人能接受。新來這裡做生意的人也會變多吧。」

這麼一來，原本因為高額的魔導飛行船運費和險峻的山路而猶豫不決的商人，應該也會來這裡做生意，讓商品的種類與量變多。

這對王國整體的利益來說，也是一件好事。

「問題在於奧伊倫貝爾格是個小領地。」

「對不起！我們的領地這麼小，真是非常抱歉！」

奧伊倫貝爾格卿又開始不斷低頭道歉。

即使開口提醒，他也不會改，所以大家決定直接忽視。

「讓人口三百人的領地警備和管理隧道，還有收取過路費啊……」

現實上根本就不可能。

雖然或許會有人認為只要重新僱用人手就好，但他們絕對無法好好指揮那些人。

畢竟奧伊倫貝爾格卿……

平常都在與領民們一起融洽地耕田，過著簡樸的生活，是個形象與一般貴族大相逕庭的人。

可悲的是，如今他被迫承擔明顯超出自己能力範圍的工作。

他的繼承人也一樣，與其說他們不適合做這種事，不如說是力有未逮。

「艾德格軍務卿，考慮到設施性質，不能請王國軍派軍隊駐守嗎？」

「鮑麥斯特伯爵，雖然這是個好主意，但隧道的權利是掌握在鮑麥斯特伯爵家與奧伊倫貝爾格家手中，所以我們最多只能提供三分之一的人手。」

如果派出更多軍隊，會被認為國王干涉貴族的權利，對統治來說不是件好事。

「三分之一，是大約一千人吧？」

「沒錯。」

管理、補修，以及取締可疑人士、走私和違禁品，這些工作加起來大概需要這麼多人。

畢竟他們必須二十四小時輪班工作才行。

「怎麼這樣……我們不可能僱用一千個新人……」

突然要領地人口只有三百人的領主去指揮這麼多人也有困難。

不只是僱用人員的財力，還要替他們與其家人準備生活的場所。

奧伊倫貝爾格卿幾乎是哭著表示不可能。

「既然如此，能不能請布雷希洛德藩侯代為執行業務呢？」

「這麼做不太好呢。」

雖然規模不大，奧伊倫貝爾格家畢竟仍是貴族家。

不僅干涉他們的統治，還實際到領地內工作，這樣別人或許會覺得布雷希洛德藩侯家試圖控制其他貴族家，奪取他們的利益。

「無論對方是領地多小的貴族，都不能這麼做。就是因為這樣，才會產生紛爭這種麻煩的手段。」

不論看對方再怎麼不順眼，都不能毀滅對方。

所以才得利用紛爭這種麻煩的手段來調整利益。

「不然交換領地如何？例如用遠比這裡繁榮的領地，來交換奧伊倫貝爾格騎士領地。」

「這方面的事務是由王國作主，所以我無法表示意見。不過即使可行，我的名聲還是會嚴重受損吧。」

布雷希洛德藩侯因為貪圖隧道的收益，而強迫立場較弱的奧伊倫貝爾格家配合。

他表示若傳出這樣的流言就麻煩了。

「布雷希洛德藩侯家靠鮑麥斯特伯爵這個附庸獲取了不少利益，所以現在就已經招致了不少怨恨。」

「那麼讓王國改封其他領地給他們，將這裡劃為直轄領地吧。」

「這也不行。」

然而陛下親自否決了王國直轄領地的提案。

「雖然這是個很有魅力的提案，但地點不太適合。」

「地點嗎？」

「沒錯。因為這裡被布雷希洛德藩侯領地環繞。如果做得太露骨，王國與布雷希洛德藩侯家的關係可能會被人拿來作文章。」

「說得也是。或許會有人刻意營造不實的緊張狀態，謀取自己的利益。」

我這才明白這兩百年來的平穩局勢，並非單純只是運氣好，而是因為執政者近乎神經質的層層顧慮才得以實現。

「既然如此……那該怎麼辦才好？」

「接下來，魔導公會和魔法道具公會將進去隧道內部調查。這能為我們爭取一段時間。大家先各自回去想想看有沒有什麼好方法吧。」

雖然這只是把問題往後延，但也沒有其他辦法了。

今天的會議，就這樣結束了。

「那麼，瓦倫，在鮑麥斯特伯爵送我們回去前，先買一點馬洛薯吧。」

「遵命！」

瓦倫先生按照陛下的命令，拿出錢包付錢給蘿潔女士。

然後，管家就拿了一個裝著大量馬洛薯的麻袋出來。

其他人也跟著購買。

我當然也打算買回家，但還是忍不住在心裡大喊：「馬洛薯也太受歡迎了吧！」

如果太受歡迎，害我以後買不到怎麼辦。

「回去馬上烤來吃吧。」

「孫女婿還是這麼熱衷研究新料理呢。」

「這是我的興趣。對了，今天要一起吃晚餐嗎？」

「真是個好主意。在隧道開通前，老夫都沒什麼事情做。現在頂多只能在隧道兩端的出入口設置巡禮所吧。」

因為是隧道，所以也需要用來祈禱平安的設施和常駐的神官。

雖然可能會有人認為不過是條隧道，但日本的政治家和官員也會為了利益等因素，進行悲喜交加的鬥爭，這也是相同的道理。

「那麼，買點馬洛薯回去……奧伊倫貝爾格卿？」

「嗯——看來陛下突然現身與隧道的話題，對他來說太沉重了。」

今天發生了太多事，讓奧伊倫貝爾格卿和他的繼承人，就這樣跪在原地昏倒了。

這讓我們有點自己好像做了什麼壞事的感覺。

第二話　奧伊倫貝爾格騎士領地

「像老夫這樣上了年紀後，就會覺得味道清淡的瑞穗料理比較好吃。」

結果開通隧道後要如何管理的問題，至今仍未解決。

因為在北側出入口擁有領地的奧伊倫貝爾格卿，沒有管理隧道的能力。

如果介入這件事，或許會招來不好的風評，所以布雷希洛德藩侯家與王家都不願意代為管理。

檢查和補修隧道要花上一段時間，所以大家今天沒有做出結論，就各自返回王都和領地了。

羅德里希之前就有增兵，所以我們將管理隧道的事情交給湯瑪斯和尼可拉斯處理，帶著霍恩海姆樞機主教回到家裡。

除了請他吃晚餐以外，我還想和他談一些事情。

菜單是以艾莉絲和家裡的廚師最近學會的瑞穗料理為主，年邁的霍恩海姆樞機主教也對餐點讚譽有加。

他喝著瑞穗酒，津津有味地享用醃漬炸茄子、炸豆腐和鹽烤香魚。

在這個世界，只有帝國北方的河流捕得到香魚，算是瑞穗伯國——現在的瑞穗公爵領地的特產。

霍恩海姆樞機主教滿意地吃著用鹽醃過的香魚內臟。

「瑞穗伯國，不對，現在是公爵領地了。那裡的產品非常稀奇，王國的貴族和有錢人或許都會想購買那裡的食材。吃起來也不油膩，感覺會很受女性和老年人的歡迎。」

在地球，也有歐美人基於養生目的吃日本料理。

這個世界的人對瑞穗料理的看法，應該也差不多是那樣吧。

「早點確保直接貿易的權利是正確的決定，也是最大的成果。」

瑞穗公爵當我是好朋友，所以就連貴重品也會便宜地賣給我。

也就是所謂的友情價。

「從帝國政府那裡獲得的獎勵，又更加豐厚吧。」

「我們只是按照契約在賺錢而已。」

布蘭塔克先生和導師的想法也差不多。

我們都知道即使對帝國的領地或特權起貪念，也不會發生什麼好事。

「真符合孫女婿的作風。話說，艾莉絲啊。」

「是的。」

霍恩海姆樞機主教向坐在我旁邊的艾莉絲搭話。

他今天來這裡，有一部分也是為了和孫女好好聊天。

「你們還沒有小孩嗎？」

「非常抱歉，還沒有……」

「關於這件事……」

「老夫明白。只是保險起見問一下而已。」

艾莉絲之所以還沒懷孕，是因為我們一直在利用魔法藥避孕。

一開始只是因為覺得在新婚的第一年還不需要有小孩，以及如果在內亂中懷孕會導致戰力減弱，

這類非常單純又現實的理由。

「如果艾莉絲一直沒生小孩，其他愚蠢的閒雜人等，或許會開始操多餘的心。」

「我們最近都沒有避孕，所以應該只是時間的問題。」

「這樣我就放心了。」

「不過身為聖職者的霍恩海姆樞機主教，可以跟人談論這種事嗎？」

他姑且是個聖職者，所以我擔心這樣會不會不太妥當。

「當然，老夫不會在公開場合這麼做。許多信徒都是因為無法生育，才來教會找人商量。老夫

這樣的發言，可能會釀成問題。」

雖然教會必須以表面的形象為優先，但霍恩海姆樞機主教同時也是子爵。

既然是貴族，當然會在意繼承人的事情。

「孫女婿才十七歲，所以老夫其實不怎麼擔心。而且……」

霍恩海姆樞機主教看向坐在最旁邊的亞美莉大嫂。

其實她本來還要再過幾天才會正式搬進來，但因為霍恩海姆樞機主教來訪，我才急忙將她從保羅哥哥的領地帶來這裡。

我想讓她和擁有「正妻祖父」身分的有力人士見面，取得他的默認。

當然，我自己根本不具備這種貴族的智慧，一切都是羅德里希的提議。

亞美莉大嫂對外的身分是侍女長，但她今天不是穿女僕裝。

等她正式搬進來後，表面上的工作會是負責在家裡照顧我，但在鮑麥斯特伯爵家內，實質上會被視為側室。

她今天穿的衣服，等級也和艾莉絲她們差不多。

因為我禁止差別待遇。

「老夫並不在意。因為邁巴赫卿所做的一切，都符合常識與貴族的道理。」

「我……」

「您認識家父嗎？」

「當上教會的樞機主教後，消息自然會變得靈通。」

這就是霍恩海姆樞機主教，在民間為何會被視為妖怪老頭的理由。

雖然身為名譽子爵並當上樞機主教，但他既沒有龐大的財力，也沒有大規模的家臣團。

因為名譽子爵沒有領地。

不過他透過遍布王國全境、活動範圍甚至延伸到帝國的教會，建構了個人的情報網。

過去就連陛下都曾因此吃過他的虧。

「六個人啊。以孫女婿目前的狀況來說，這樣還算少了。老夫也是貴族，只要沒打亂妻子間的順位，老夫就不會過問。想生孩子也沒問題。畢竟鮑麥斯特伯爵家的成員實在太少了。」

就我家的情況而言，似乎必須讓側室的孩子成為分家的當家，再派遣代理官前往各地強化支配力才行。

「鮑麥斯特伯爵領地實在太大了。孫女婿得努力生孩子才行。」

「該怎麼說才好……感覺好像種馬一樣。」

「形容得真貼切。貴族和王族都是如此，必須控制血統，生產子嗣。哎呀，不小心離題了。這位客人真是有膽識。不愧是曾被視為下任皇帝候補人選的前公爵閣下。」

霍恩海姆樞機主教看向正被亞美莉大嫂當成客人招待的泰蕾絲，她也和我們共進晚餐。該說真不愧是泰蕾絲嗎？她和不習慣這種場合的亞美莉大嫂不同，臉上掛著符合前公爵身分的無畏笑容。

「本宮早已失去菲利浦公爵的身分，現在只是一個接受鮑麥斯特伯爵援助的普通人。應該不值得被視為下任總主教人選的霍恩海姆樞機主教如此關注……」

「沒這回事，老夫只是以爺爺的身分在替孫女擔心而已。」

霍恩海姆樞機主教擔心泰蕾絲想成為我的妻子，讓我和她的小孩當下一任鮑麥斯特伯爵。

「身分愈是高貴，疑心病就愈重呢。本宮已經還以為自己已經逃離那個世界了。」

「即使本人如此認為，周圍的人也不見得會是相同的想法。」
「霍恩海姆樞機主教有這麼多事情要操心，還真是辛苦呢。」
「泰蕾絲大人，這不算什麼，畢竟一切都還在常識的範圍內。」
泰蕾絲與霍恩海姆樞機主教對上視線。
看在旁人眼裡，兩人之間彷彿產生了火花。
「爺爺。」
「人只要上了年紀，疑心病就會變重呢。真是令人困擾。」
艾莉絲一開口，霍恩海姆樞機主教就露出笑容。
「本宮很清楚霍恩海姆樞機主教有多麼關心孫女。本宮的祖父已經去世，所以覺得非常羨慕呢。」
「真高興聽見您這麼說。」
雖然兩人看似已經停止對立，但霍恩海姆樞機主教還是無法放心。
他向泰蕾絲施壓，表示自己能透過鮑麥斯特伯爵領地內的教會收集情報，只要發生事情就能立刻行動。
不過泰蕾絲本人早就不想再被捲入這類權力鬥爭。
所以她表現出對監視毫不在乎的態度。
泰蕾絲不再像以前那樣露骨地誘惑我，對待艾莉絲她們也像是朋友一樣，反而是不再被她追求的我，不知為何感到有些寂寞。

這該不會其實是她的策略吧？

說真的，我實在搞不懂女性的想法。

「就當作是為了表現您對孫女的關心，能否跟我們分享一些情報呢？」

「這麼說也有道理。」

泰蕾絲所說的情報，應該是指今天見到的奧伊倫貝爾格卿與其領地吧。

那個領地也有教會，所以霍恩海姆樞機主教應該握有關於那裡的情報。

「坦白講，他也真是可憐……」

根據霍恩海姆樞機主教的消息，奧伊倫貝爾格卿是位個性非常懦弱的好人。

「與其說是懦弱，不如說他本來以為陛下是一輩子只會在襲爵儀式中見一次面的雲端上的人物。布雷希洛德藩侯與其他閣僚級的貴族，更是一輩子都不會有機會見到的角色。」

「畢竟那裡和我老家一樣鄉下。」

奧伊倫貝爾格騎士領地幾乎是自給自足，靠將特產的馬洛薯賣給鄰近的城鎮與村莊獲得現金收入。

「雖然附近的村莊與城鎮都是位於布雷希洛德藩侯領地境內，但平常根本沒機會與住在布雷希柏格的領主大人接觸。」

在那個鄉下農村與三百名領民一起耕作，唯一要關心的事情就只有收穫量。

他們似乎也沒興趣和其他貴族交流，大部分的貴族都不認識奧伊倫貝爾格卿。

雖說是貴族，但狀況也只比富農好一點，比以前的鮑麥斯特騎士領地更不像個貴族。

生活既不富裕，也不貧困。

儘管他們平常的打扮更像是農民，但與其說是貧困，不如說是一點都不在乎外表。

領主沒有課重稅，且個性善良又溫柔，所以領民們也沒什麼不滿。

「這麼說來，那裡的人個性都很溫厚呢。」

艾莉絲她們在回家前買了馬洛薯和其他蔬菜，但當地的領民不僅沒有敲詐她們這些外地客人，還賣得比直銷所便宜。

「不過那樣的統治方式，次男以下的孩子不會困擾嗎？」

「不，不會困擾喔。」

霍恩海姆樞機主教回答露易絲的疑問。

「離開那個領地去布雷希柏格，並非難事。」

如果想過悠閒的生活，就直接留在奧伊倫貝爾格騎士領地，如果想出外闖蕩，就去布雷希柏格找工作。

即使外出，還是有很多人在返鄉探親後，選擇繼續留下來生活，這證明了奧伊倫貝爾格騎士領地的物資十分豐富。

畢竟那裡就算沒什麼錢也能生活，又不需要擔心沒東西吃。

或許是因為這樣，大部分的領民看起來都是好人。

「如果想買東西，只要去附近的村落和城鎮就行了。」

聽完這些狀況後，我發現那裡的生活或許比以前的鮑麥斯特騎士領地還要有餘裕。

「靠馬洛薯獲取現金收入啊。」

「那種番薯又甜又好吃呢。」

那樣食材，在奧伊倫貝爾格騎士領地周邊的城鎮似乎非常受歡迎。

因為種植條件嚴苛，所以在那一帶只有奧伊倫貝爾格騎士領地能夠種植，算是非常稀有的作物。

「奧伊倫貝爾格卿不是那種會撐面子的人。他兒子的專長，也是研究番薯的品種改良和種植方法。」

「真符合他給人的印象。」

「他看起來就是這種人。」

露易絲和薇爾瑪坦率地陳述感想。

雖然父子的性格都很懦弱，但兩人都將馬洛薯這種作物研究得非常透徹。

不過居然連這種情報都能取得，該說真不愧是教會嗎？

「聽完狀況後，又更加同情他們了。」

那對父子只要能和領民一起種馬洛薯就滿足了。

然而，他們現在卻被迫僱用超過一千名的士兵和組織家臣團管理隧道。

當時在場的都是大貴族，但所有人都很同情奧伊倫貝爾格卿。

他們以前應該都做過不少過分的事，所以一看見像奧伊倫貝爾格卿那樣的人，就會覺得不好意思。

「明明只要布雷希洛德藩侯願意出來背黑鍋就行了，他卻在那裡猶豫不決。」

「這是為什麼呢？」

「因為孫女婿這個附庸，讓王國貴族都覺得他一個人獨占了所有好處。大概是覺得再貪求更多利益，可能反而會對自己有害吧。」

我倒是覺得既然如此，不如乾脆壞人做到底算了。

「總之，先觀察一下狀況吧。反正那個男人也要對隧道進行學術調查吧？」

這裡提到的那個男人，是指目前不在場的厄尼斯特。

他為了對隧道進行學術調查，正窩在自己的房間裡做準備。

「那個男人也是個棘手的存在。」

霍恩海姆樞機主教早就發現厄尼斯特的真面目。

「在將鮑麥斯特伯爵領地內的遺跡全部調查完畢前，他應該不會亂來。」

「說得也是。既然他的魔力量比孫女婿還高，就算想限制他的自由也沒意義。」

只要讓他做喜歡的事就會安分，而他喜歡的事也能為王國帶來利益，所以目前也只能將他交給我看管。

「孫女婿接下來要往來奧伊倫貝爾格騎士領地嗎？」

「是的。」

厄尼斯特要對隧道進行學術調查，我必須接送和監視他，而且我自己也得開始收集奧伊倫貝爾格騎士領地的情報。

除此之外，我還會在領地內幫忙施工，並以冒險者的身分前往利庫大山脈狩獵翼龍與飛龍。

因為牠們都棲息在奧伊倫貝爾格騎士領地附近。

「那個領地，暫時會很辛苦吧。」

「你們剛才提到的那對個性樸實又懦弱的父子，或許又會昏倒呢。真是棘手。」

「呵呵，泰蕾絲大人還真是清楚。」

「這並不難想像吧。」

「確實如此。」

泰蕾絲算是艾莉絲的競爭對手，所以霍恩海姆樞機主教一直對她抱持戒心，不過泰蕾絲也曾是個優秀的貴族，這點似乎讓他感到很中意。

兩人應該很聊得來吧。

霍恩海姆樞機主教繼續開心地與泰蕾絲聊天。

「孫女婿，為了避免有人來礙事，暫時要麻煩您多擔待囉。」

「唉……」

霍恩海姆樞機主教的預測後來成真，明明只是要開通隧道，我們卻再次被捲入貴族之間的謀略。

「他對發掘和研究，真的是非常熱心呢。」

我現在得定期觀察奧伊倫貝爾格騎士領地的情勢，不過在用「瞬間移動」飛到當地後，我首先去確認正在調查隧道的厄尼斯特的狀況。

他在負責駐守隧道的湯瑪斯等人的監視下，熱心地進行學術調查。

「這隧道建得真是太好了！」

「你看起來總是很開心，真令人羨慕。」

「每當這種時候，吾輩都會發自內心地慶幸自己只是個平民。這樣就能不必在意俗世的騷動，享受藉由過去的遺跡想像宏偉歷史的樂趣。這就是當考古學者的優點。」

「那真是太好了。這是條大隧道，調查起來應該很花時間吧。」

「這樣對吾輩來說正好。」

相較於被捲入麻煩陷入不幸的我們，厄尼斯特因為能夠調查隧道而顯得非常開心。

「這條隧道有這麼值得調查嗎？」

「這裡有許多外行人無法理解，但應該要調查的地方。」

明明只是條老舊的大隧道，但似乎要花約一個星期進行學術調查。

我們即使留下來也只會覺得無聊，所以就將後續的監視工作交給湯瑪斯他們。

就算是厄尼斯特，也不太可能丟下遺跡這個獵物逃跑。
更重要的是，我不想再繼續聽他講我一點興趣也沒有的考古學話題。
「你自己隨意吧。」
「你沒興趣嗎？」
「我對這種高尚的活動敬謝不敏。」
「真遺憾。」
不只是露易絲，我們也都覺得厄尼斯特的考古學話題非常無聊，大概也只有艾莉絲會專心聽吧。
我當然也不想聽。
「各位，交給你們囉。」
「請您放心。」
「沒想到居然能把這種事當成工作。」
幾位對考古學有興趣的年輕家臣子弟，代替我們協助厄尼斯特進行調查。
雖然在魔國很難靠學問養活自己，但這點在赫爾穆特王國和阿卡特神聖帝國也一樣……考慮到國家的經濟狀況，這兩個地方的學者應該又更加辛苦吧。
王國學院的競爭非常激烈，只有上級貴族或程度非比尋常的天才能夠優先入學。
雖然還是有其他的維生手段，例如找喜歡考古學的大貴族或大商人當贊助者，或是接受冒險者公會的委託，去冒險者探索過的地下遺跡進行學術調查，不過王國學院在這方面有優先權，立場上也比較有利。無論如何，想靠考古學養活自己非常困難，許多年輕人最後還是只能放棄。

因此，我從鮑麥斯特伯爵家的家臣子弟當中募集助手，順便讓他們幫忙監視厄尼斯特。助手都是自己人，比較方便保守厄尼斯特的祕密。

身為新興貴族的鮑麥斯特伯爵家援助考古學者，也能給人我們支持文化事業的印象。

「你只是不想讓自己和這些事扯上關係吧？」

此時，艾爾看穿了我內心的想法。

「呵呵呵，贊助者只需要出錢，不需要出意見，這才是最好的作法。還是說，艾爾對考古學有興趣？如果是這樣，我可以讓你和他們一起調查隧道喔。」

明明艾爾自己也一點興趣都沒有。

如果他再說這種話，我就要用領主權限命令他參加隧道的調查行動。

而且還要逼他寫報告。

「抱歉，拜託你千萬別這麼做。」

「對吧？那麼，剩下的事就交給你們囉。」

「吾輩也獲得了新助手，真是太完美了。」

反正湯瑪斯他們也在，應該沒問題吧。

我們離開隧道，回到奧伊倫貝爾格騎士領地。

「不管什麼時候看，都是非常壯觀的鄉下呢……連我老家都沒這麼誇張……」

艾爾看著在隧道外的山坡開闢的馬洛薯田，重新對奧伊倫貝爾格騎士領地的鄉下程度表示敬佩。

雖然我沒去過艾爾的老家，但也知道那裡偏僻的程度足以和鮑麥斯特騎士領地匹敵。

「整片山坡都是馬洛薯田呢。」

伊娜也看著應該是辛苦開闢出來的馬洛薯田，陳述感想。

馬洛薯不知為何，似乎只適合種植在山坡上的田地，早晚的氣溫也不能太高。

而且馬洛薯在中午溫暖的地方會長得比較好，位於琳蓋亞大陸南部的利庫大山脈的山坡，有許多地方滿足這些條件。

「既然必須種在溫暖的地方，那應該很難在瑞穗公爵領地種植馬洛薯吧。」

的確，番薯好像也不適合種在寒冷的地方……

馬洛薯似乎是番薯的同類，所以只有在相同的氣候條件下，能夠順利生長。

「不，只要跟食物有關，瑞穗人沒有辦不到的事情。」

「遙，妳說得真篤定。」

「如果馬洛薯的事情傳到瑞穗，一定會有人想在瑞穗種植。」

「（確實無法否定這個可能性……）」

雖然遙這陣子都在忙著準備與艾爾的婚事，但她今天似乎有空，所以就跟艾爾一起來了。

她斷定對食物十分講究的瑞穗人，一定會想出在寒冷的瑞穗公爵領地種植馬洛薯的方法。

我也覺得如果是瑞穗人，遲早會想出解決方法。

「先不管這個，如果是遙，會怎麼料理馬洛薯？」

「我已經想了很多種料理方法。請主公大人和艾爾先生好好期待吧。」

「聽起來真讓人期待。」

「遙小姐親手做的料理最棒了。」

如果是遙，一定能想出用馬洛薯製作美味的瑞穗料理和甜點的方法。

就把這個樂趣留在後面吧。

「威爾，那個人不就是……」

「是法伊特先生。」

「沒錯，是一點鬥志也沒有的法伊特先生。」

「露易絲，妳太失禮了。」

「可是伊娜，只要看過他下跪的樣子，不論是誰都會這麼覺得……」

「確實如此……」

眼力非常好的露易絲，發現了一個重要人物。

昨天和父親一起下跪的繼承人，法伊特先生就在山坡上的田地裡。

如同露易絲所言，這個人的名字明明那麼有男子氣概，外表卻與鬥爭無緣，怎麼看都是個和善的青年。

法伊特先生正在對農民們進行農業指導，但身為貴族的他，卻連劍都沒帶。他甚至完全沒想過這個樣子可能會被其他貴族看見。

「這不是鮑麥斯特伯爵大人嗎？」

法伊特先生一發現我們，就趕緊跑了過來，然後非常禮貌地向我們打招呼。

儘管他看起來與武藝無緣，但從他能輕鬆地在山坡上奔跑來看，或許法伊特先生的運動神經與體力意外地還不錯。

「法伊特先生是奧伊倫貝爾格騎士領地的繼承人，所以不用把姿態放得這麼低……」

雖然比昨天的下跪好，但這對親子平常太少和其他貴族交流，甚至還誤以為其他貴族的地位都比自己高。

因為立場上都同樣是貴族，所以我希望他能夠改掉這種態度……

「不好意思，反射性就……」

「唉，只要能慢慢習慣就好……」

畢竟突然要他表現得像個貴族也不容易。

「感覺和卡特琳娜完全相反呢。」

「沒錯，應該讓他向卡特琳娜學習，不過學一半就好，不然會太過火。」

「你們講話真是不留情面。」

露易絲和薇爾瑪講話都太犀利了。

確實，卡特琳娜在家道中落時也沒有失去貴族的驕傲，堅持言行要表現得像個貴族一樣。

雖然不用完全變得像她那樣，但法伊特先生或許真的需要稍微向她學習一下。

「既然事情已經變成這樣，法伊特先生以後應該會更常和其他貴族接觸。如果面對他們時表現得太過卑微，可能會被人小看和利用，這樣對領民們來說也不是件好事。」

「喔！卡特琳娜又開始講道理了！」

「雖然有道理，但總覺得有點無法接受。」

「算了，隨你們怎麼說吧……」

兩人又開始說些失禮的話，不過卡特琳娜的表情看起來已經完全放棄了。

「沒錯。太過傲慢當然不好，但過度謙遜也不妥當。所以從現在開始慢慢改進吧。」

「我知道了。」

這種時候，果然還是只能依靠身為神官又有人望的艾莉絲。

在溫柔的艾莉絲巧妙的開導之下，個性懦弱的法伊特先生也坦率地接受了她的忠告。

「我明明也說了相同的話……」

「卡特琳娜的外表太過搶眼，這種時候還是交給艾莉絲大人最適合。」

法伊特先生個性純樸又不熟悉外面的世界，所以應該不擅長應付打扮華麗的卡特琳娜吧。

就這方面而言，這塊領地也有像艾莉絲那樣的神官。

法伊特先生卑微的個性，應該沒那麼快改善，所以我試著改變話題。

「這片馬洛薯田還真是遼闊。」

「是的，這是從我曾祖父那一代開始，花費幾十年的時間辛苦開闢出來的。」

根據法伊特先生的說法，翼龍和飛龍都不會來這片山坡，所以他的祖先從無到有地開闢出這片馬洛薯田。

「我聽說馬洛薯種植起來非常困難。」

「其實只要氣候不是特別寒冷，都可以種得活，但如果要讓馬洛薯變甜，除了氣候條件與田地的場所以外，還要注意許多事情。」

只要一講到馬洛薯，法伊特先生就會變得非常饒舌。

比起揮劍，他似乎更喜歡種田。

「（讓他當研究者，應該會比當貴族幸福吧……）」

伊娜低聲嘟囔道，不過比起貴族，他確實更適合當研究者。

如果是在日本，他應該會就讀大學的農學系，一路念到博士吧。

他是個會在電視的綜藝節目上，被人介紹為馬洛薯博士的類型。

「關於馬洛薯，如果是直接種植種薯，幾乎無法收成。」

在法伊特先生的帶領下，我們來到一個看似用來讓馬洛薯發芽的房間。

蓋在田地旁邊的小屋裡，有許多這樣的房間，之所以要設在小屋裡，似乎是為了避免下雨導致土壤裡的水分變得過多。

「要像這樣讓種薯在室內發芽，再將莖的部分拿去田裡種。」

「這一點倒是與番薯相同呢。」

「沒錯。馬洛薯算是番薯的突變種。」

難怪種植方法會和番薯很像。

「把莖種下去後，約三個月就能收成。」

在大陸南部，除了早晚寒冷的山地以外，全年的氣候都非常溫暖。

這表示馬洛薯一年大約能收成三次。

不對，順利的話或許能收成四次？

「先讓種薯在室內發芽、種在山坡上，還有日夜溫差大啊。除了這些以外，還需要滿足什麼條件嗎？」

「再來是土質吧。根據土壤狀況，勤奮地補充肥料。」

「少爺——！」

此時，原本在附近耕作的農民來到這裡。

「我請您幫忙確認一下田地土壤的狀況。」

「土壤出了什麼問題嗎？」

「補充的肥料可能有點不太夠。」

「我馬上去看。」

「不好意思，麻煩您了，少爺。」
法伊特先生前往那位農民的田地，抓起一把土放進嘴裡試味道。
「這樣就能知道嗎？」
「嗯。還需要再補充一點肥料。不能用發酵過的河魚做成的肥料，要用落葉與草做成的肥料。」
「不愧是少爺，我馬上補充肥料。」
「沒錯，只要早點處理，就會再變甜。」
透過試味道來確認土質。
以前好像的確有人這樣做。
「真辛苦呢。」
「單純種植並不困難，但要讓味道變甜就不容易了。」
相對地，辛苦種出來的甘甜馬洛薯馬上就會銷售一空。
所以就連在布雷希柏格都很難買到，受歡迎的程度可見一斑。
「拜此之賜，我們整天都要待在田裡。」
我們大概就像這樣，聽完了法伊特先生的說明……
「突然覺得好有罪惡感……」
「威爾，要那個人警備和管理隧道實在太勉強了。」

「一點都不適任呢。」

「應該交給其他人。」

「我覺得他絕對不會接下這個任務。」

我們在隧道前面圍成一圈聊天，烤馬洛薯當點心來吃，但艾莉絲她們異口同聲地表示：「法伊特先生不可能有辦法管理隧道，這樣對他太殘忍了。」

「的確。就連我都覺得很辛苦了，突然要沒有經驗的人指揮一千名人員，怎麼想都不可能。」

雖然人數不多，但艾爾在內亂時也指揮過軍隊，他認為除非奇蹟發生，否則法伊特先生不可能突然變得有辦法指揮多達千人的警備隊，並確實地警備和管理隧道。

「更重要的是，本人也沒有這個意願。」

「這樣會讓他壓力大到胃穿孔吧？」

艾爾的精神還算強韌，所以當時勉強撐了過去，但法伊特先生可是懦弱到一看見大貴族就會下跪。

他的父親也一樣不適任，這麼一來，就只能請布雷希洛德藩侯或王國收下這塊土地了。

「大家都突然開始裝好人。另外封一塊能種植大量馬洛薯的寬廣領地給那對父子，對他們也比較好吧？」

「說得也是……」

雖然說要各自回去思考如何解決問題，但陛下和盧克納財務卿之後都沒有傳來聯絡。

我們這邊也是束手無策。

「主公大人，馬洛薯烤好了。」

「喔！烤好啦！味道真香。」

負責顧火的遙，向我報告馬洛薯已經烤好了。

一打開自製的烤番薯用具的蓋子，周圍就充滿了香甜的氣味。

這個烤番薯用具，是由鮑麥斯特伯爵領地招聘的魔法道具工匠，參考我以微妙的畫技畫出來的設計圖打造而成的珍品。

因為裝了高性能的魔晶石，只要補充過一次魔力，就能長時間烤番薯。

用來烤番薯的石頭，則是使用被我用魔法加工成相同的尺寸、能夠產生遠紅外線的熔岩石。

拜此之賜，製作費高達五十萬分，但為了做出美味的烤馬洛薯，這還在容許範圍內。

至少我不覺得貴。

而且這只是試做版。

如果進行量產，成本應該可以壓得更低。

「這個馬洛薯真厲害，糖液都流下來了。」

馬洛薯的糖分含量比我前世所知的安納薯還要高，烤過後甚至還會流出糖液。

糖液滴在加熱過的石板上後，便化為聞起來非常甜的香味。

花大錢製作烤番薯器，果然是正確的決定。

「烤的比蒸的還好吃呢。」

「「「「好甜喔——」」」」

看來不管是哪個世界，女孩子都非常喜歡烤番薯這類的點心。

大家都一臉幸福地吃著烤馬洛薯。

當然，我也覺得很幸福。

「親愛的，我們再買一點回去當土產吧。」

「說得也是。這種馬洛薯做成布丁和蛋糕或許也很好吃。」

「回去後，就來試做看看吧。」

我們靠美味的馬洛薯逃避現實，不過陛下和大臣那些大人物，應該會幫我們想辦法解決管理隧道的問題。

在他們做出決定前，我們也無法行動，所以之後就在附近的山裡獵了一整天的飛龍。

「我說啊，威爾。」

「什麼事，艾爾？」

「我剛才突然想到一件事，其實我們根本不用每天都來吧？」

「……這麼說也對……」

陛下不太可能這麼快就做出決定。即使待在這裡，也只能過著把馬洛薯當點心，狩獵飛龍和翼龍的生活……

「……感覺還不錯呢。」

「不不不！這對鮑麥斯特伯爵領地來說很不妙吧！」

艾爾難得對我說教，表示還有「貴族的工作」要做。

「話雖如此，只要裝出我目前正在像個貴族般調整利益分配，羅德里希應該就不會排其他工作給我了。」

裝出正在以貴族身分工作的樣子，在奧伊倫貝爾格騎士領地度過平靜的時光。

從冒險者的角度來看，我也能狩獵棲息在利庫大山脈的翼龍與飛龍，所以感覺還不錯。

「我一點都不覺得困擾。」

「雖然是沒什麼問題，但你覺得羅德里希先生有這麼好騙嗎？對吧，艾莉絲。」

「說得也是，他一定馬上就會掌握狀況……」

艾莉絲話才說到一半，我的魔導行動通訊機就響了。

我一接通，就聽見熟悉的聲音。

『主公大人，因為陛下傳來了聯絡，所以關於找到的隧道與奧伊倫貝爾格騎士領地的狀況，鄙人已經清楚掌握了。情勢應該暫時不會有所改變，所以請您先回來一趟，像平常那樣工作……』

「好……」

伊娜的預測漂亮命中，我們暫時必須先回家。

繼續留在奧伊倫貝爾格騎士領地，邊吃馬洛薯邊繼續過冒險者生活的計畫，已經確定無法實現了。

「嗚嗚……都怪伊娜說了那種話……」

「怪我囉？」

「我不是這個意思……只是想抱怨一下。」

「對不起啦，威爾。你想想，亞美莉小姐不是也要搬來了嗎？」

雖然我確實很高興，但我給人的印象有這麼好色嗎？

而且這句話還是出自已經認識我很久的伊娜口中。

「總而言之，今天必須先回去了。」

「是啊。那麼，親愛的。」

「好──」

我們就這樣直接回家，將關鍵的隧道問題暫時擱在一邊。

第三話　二刀流屠龍女孩

「老爺，您要再來一杯茶嗎？」

「亞美莉大嫂，在家裡的時候，像平常那樣叫我就好。」

「可是，在艾莉絲大人她們面前，這樣不太好吧。」

「我說可以就可以。叫吧。」

「可是……」

「不需要有所顧慮喔？我是鮑麥斯特伯爵，是這個家最偉大的人。我說像平常那樣叫就好。妳可以當作是命令。叫吧。」

「那麼，我就不客氣了……威爾。」

「好，請再給我一杯茶。」

多虧了厄尼斯特提供的情報，我們成功發現貫穿利庫大山脈的隧道。

然而，另一側的出口並非位於布雷希洛德藩侯領地，而是一個名叫奧伊倫貝爾格騎士領地的弱小貴族領地，我們因為不曉得該如何解決管理問題，而被迫暫時返家。

接下來，只能等待陛下與大臣們的判斷。

回程時，我們順便去保羅哥哥的領地接亞美莉大嫂一起回家。

這是因為我的姪子小卡爾和奧斯卡，被寄養在位於遠方的邁巴赫家接受教育，如果她想定期和孩子們見面，就必須依靠我的「瞬間移動」。

這對我來說正好，而且也已經取得艾莉絲她們的許可，所以亞美莉大嫂就和我們一起回家了。

隔天早上，我讓穿著女僕裝的亞美莉大嫂替我服務。

雖然她實質上被視為我的側室，但對外的身分仍是侍女長，必須分派給她一些工作，所以亞美莉大嫂現在專門負責照顧我。

「茶會不會太濃？」

「沒關係啦。又不是在老家。」

「說得也是。以前茶葉都要重複使用，直到再也泡不出顏色為止。」

「即使有顏色，喝起來還是沒味道。」

「就是啊。」

只要和亞美莉大嫂在一起，就能聊以前的事情，感覺真是不錯。

以前的鮑麥斯特騎士爵家非常小氣，會將瑪黛茶的茶葉重複利用到極限。

我們開心地聊著茶葉用到最後時，雖然茶水勉強還有顏色，但一點味道也沒有的事情。

「等到終於泡不出顏色後，還會在打掃時灑到地板上，或是灑到流理臺內除臭呢。」

「喔，原來以前還會這麼做啊。」

利用茶葉渣來打掃和去除廚房的臭味，也就是所謂的生活小知識吧。

雖然最大的理由應該是為了省錢，但另一個主因，就是以前的鮑麥斯特騎士領地不容易取得清潔劑和除臭劑。

「現在再怎麼說，應該都不會那麼做了吧。」

「說得也是。」

畢竟不論是赫爾曼哥哥繼承的鮑麥斯特騎士爵家，還是保羅哥哥家，現在都已經是普通的貴族家。

雖然不曉得算不算美好，但這些貧困的經驗，現在都成了過去的回憶。

「我經常因為以前的習慣把茶泡得太淡，以後得多注意才行。」

「是這樣嗎？」

聽亞美莉大嫂這麼一說，感覺這杯瑪黛茶確實有比艾莉絲平常泡的要稍微淡一點，但還不到需要在意的程度。

我剛因為早上的鍛鍊而出了一些汗，所以就算茶泡得有點淡也無所謂。

這樣反而可以大口地喝。

「我剛流過汗，所以這樣正好。」

我在回答的同時，將亞美莉大嫂泡的茶一飲而盡。

就在我覺得茶已經喝夠時，這次換艾莉絲端著茶壺走向這裡。

「親愛的，流完汗後要確實補充水分才行。」

雖然我很佩服教會也具備這方面的知識，但我已經喝夠多茶了，所以打算婉拒。

「謝謝妳，艾莉絲，不過晚點再喝好嗎？」

然而，事情並沒有這麼順利。

「親愛的，不需要跟我客氣。」

艾莉絲在說話的同時，將瑪黛茶倒進我的茶杯裡。

她臉上一如往常地掛著沉穩的笑容，但眼神深處根本沒在笑。

「（咦？艾莉絲為什麼心情不好？）」

我做了什麼惹她生氣的事嗎？

我以視線向一起共進早餐的艾爾求助，但他偏偏選在這個時候，和遙開心地聊天用餐，完全沒注意到我在求助。

「（艾爾——！）」

然後，不只艾莉絲，連伊娜、露易絲、薇爾瑪和卡特琳娜都端著茶壺來到我身邊。

「威爾，你早上鍛鍊時流了很多汗，要多喝水才行。」

「沒錯，不用客氣，大口喝下去吧。」

「威爾大人一定還喝得下。」

「你應該不會說已經不想喝了吧？」

「嗯……」

我不敵她們的魄力，一大早就喝了滿肚子的瑪黛茶。

「為什麼事情會變成這樣？」

雖然肚子還沒消，但我實在很納悶為何事情會變成這樣，於是就去找感覺經驗非常豐富的泰蕾絲商量。

像這種時候，就會覺得她住在附近很方便。

「你還是一樣有點少根筋呢。明明艾莉絲她們暫時放下內心的糾葛，接納了亞美莉。然而威德林卻只顧著和亞美莉聊天，這樣她們當然會不開心。」

「不過，亞美莉大嫂才剛搬進來，為了避免她被孤立，我得好好照顧她才行。」

孤身一人是很辛苦的。

這是我個人的經驗談。

「正好相反吧。你的大嫂亞美莉算是新來的，一開始必須只讓她負責女侍工作，表現出以艾莉絲她們為優先的態度才行。實際上，亞美莉原本也打算這麼做吧？」

「這麼說來，確實是這樣沒錯。」

她原本只想專心服侍我，甚至還客氣地叫我「老爺」，是我要她像平常那樣叫我「威爾」。

「既然是主人的命令，亞美莉也只能服從。聽好了，威德林。雖然你是一家之主，能夠自由地命令家裡的人，但你的命令也可能導致像今天早上那樣的麻煩。你要謹記在心。」

雖然大部分的人都會覺得有很多老婆是件令人羨慕的事情，但必須經常注意順位和平衡也是事實。

「艾莉絲她們都是好妻子呢。她們是因為知道如果把氣出在亞美莉身上，威德林一定會很難過，所以才會透過灌你茶將事情敷衍過去。」

假裝是在嫉妒，其實是在提醒我嗎？

「這些妻子配我是不是太浪費了？」

「如果你真的這麼想，以後就要多注意一點。」

「我會反省。」

「知道就好。威德林坦率反省的樣子，還真是可愛呢。」

感覺泰蕾絲最近愈來愈常擺出姊姊的架子……

姑且不論內在，實際上她確實比我年長，所以沒什麼問題，但這是不是表示我的精神年齡完全沒有成長？

「唔……就算妳比我年長……」

「雖然許多貴族都不只有一個妻子，但像威德林家那樣所有成員都融洽相處的狀況算是非常難得。許多人甚至會組織派閥互相對立。光是沒發生這種事，你就要覺得感恩了。」

「我知道了。」

值得慶幸的是，像這種時候只要找泰蕾絲商量，就能馬上獲得解答。

儘管第一天出了點問題，但亞美莉大嫂後來順利被鮑麥斯特伯爵家接納，我也變得愈來愈常找泰蕾絲商量事情。

＊　＊　＊

「所以我只要做土木工程就好嗎？還是說和平常一樣，要做貴族的工作？」

「其實有個工作變緊急了，那是個性質非常偏向冒險者，又適合交給主公大人你們處理的工作。」

回到家後的隔天，我們詢問羅德里希今天的行程。

我本來以為要和平常一樣在領地內幫忙進行土木工程，但似乎是其他工作。

而且是偏向冒險者性質的工作。

「冒險者的工作，是指討伐魔物嗎？」

「簡單來講，確實就像露易絲大人說的那樣。棲息在利庫大山脈各處的翼龍和飛龍，最近突然活躍起來，必須盡快減少牠們的數量。」

「該不會是因為魔導飛行船的班次增加，所以刺激到牠們了吧？」

「雖說是下級魔物，但龍的數量應該沒那麼容易增加，所以伊娜大人的推測應該是正確的。」

隨著鮑麥斯特伯爵領地的開發持續進行，開始有許多魔導飛行船經過利庫大山脈上空，受到刺激的翼龍和飛龍也跟著變活躍。

「翼龍和飛龍的繁殖力不高，族群數量成長緩慢，但牠們和其他魔物不同，除了人類以外，幾乎沒有其他天敵，因此一直維持一定程度的數量。目前最有可能的理由，就是周圍變得吵鬧並刺激到牠們。」

「牠們或許是覺得地盤被侵犯了。」

事情就和露易絲說的一樣嗎？

畢竟魔物的生態，其實和野生動物差不多。

「進一步而言，就是有大量能當成獵物的人類在周圍行動。」

「喂。」

艾爾，就算你說的是事實，這樣講也太輕率了。

「等隧道開通後，牠們的活動可能會變得更加活躍。」

「在尋找隧道入口時，我們也遇到了不少隻。」

之前在找隧道入口時，動不動就有翼龍和飛龍從山上飛來襲擊我們，薇爾瑪他們也對付了不少。

隨著開發持續進行，之後或許會有人被翼龍和飛龍襲擊。

「這可不能置之不理。翼龍和飛龍都是強悍的魔物，很少有人能夠應付牠們，看來只能像之前那樣，交給我們處理了。」

「出現了！卡特琳娜的必殺臺詞，『這也是身分高貴者的義務』！」

「必殺……艾爾文先生不也是貴族家出身嗎？」

被艾爾揶揄的卡特琳娜，針對艾爾的貴族身分展開反擊。

「我現在是鮑麥斯特伯爵家的家臣，而且成年時就已經不是貴族了。只要主人下令時，我就會行動。」

「請你別那麼沒幹勁！」

這兩個人的八字似乎有點不太合，我經常看見卡特琳娜找艾爾的碴。

只是大部分的時候，艾爾都會巧妙地迴避。

艾爾的溝通能力也很強，所以或許反倒是習慣一個人行動的卡特琳娜不擅長應付他。

「我和遙小姐都一樣，基於極為現實的理由，我們在面對翼龍與飛龍時，原則上得集體行動。」

「沒錯。因為我們是劍士，平常主要是對付人類與位於地面的魔物。當對手是翼龍等會飛的敵人時，我們頂多只能設法在對手攻擊時，同時進行迴避和反擊。」

「我和遙小姐都不會魔法，當然也不會飛。所以只能期待卡特琳娜好好表現了。」

「如果妳能幫我們砍斷翼龍的翅膀，讓牠們墜落地面，我們就有辦法對付牠們了。」

「原來如此。既然是這樣，就交給我這個風魔法高手吧。」

不愧是即將成為夫妻的兩人，他們巧妙地一搭一唱，讓卡特琳娜恢復了心情。

「這次的工作並非只要打倒一、兩頭龍就能結束，必須集合眾人的力量有效率地進行狩獵。我們要趁這個機會，大幅減少龍的數量。雖然不太可能，但可別把龍給全滅了。」

「為什麼？」

「因為還要考慮經濟的問題。」

「有些人是靠定期狩獵翼龍和飛龍，販賣牠們的素材維生。」

「艾莉絲大人說的沒錯。」

以前棲息在利庫大山脈的翼龍和飛龍，幾乎都不會遭到狩獵。

不過現在有許多專門獵龍的冒險者集團，長期停留在鮑麥斯特騎士領地。

除了鮑麥斯特騎士領地以外，他們還打算沿著利庫大山脈建立像這樣的據點。

他們在那些據點解體獵到的翼龍與飛龍，將肉與素材拿到市場賣，讓這類商品開始廣泛地流通。

換句話說，接下來或許有許多人必須靠這些龍維生，如果這時候將龍全滅，那些人就沒飯吃了。

「要盡可能減少飛龍與翼龍的數量，避免牠們對人類造成損害，但又不能讓狩獵龍的產業衰退。這需要高度的判斷呢。」

雖然多少也需要做一些政治方面的判斷，但和之前的土木工程不同，這次的工作性質相當偏向冒險者。

在第一線進行狩獵的我們，無法判斷該狩獵多少頭龍，這部分只能交給掌握整體情況的羅德里希處理。

「羅德里希先生，放心交給我吧。身為貴族，在關鍵時刻必須發揮自己的力量，守護下層民眾的生活。」

在這種時候使用力量拯救民眾，是身為貴族的義務。

這就是所謂的位高任重吧？

雖然並不是由卡特琳娜判斷該狩獵多少頭龍，但她認為這是與貴族身分相符的工作，所以顯得非常開心。

「不愧是卡特琳娜大人。」

「喔──呵呵呵。畢竟我好歹是個貴族。」

「如果不好好處理，就無法收稅了。」

「雖然是這樣沒錯……不過薇爾瑪小姐，妳講話也太直接了。」

卡特琳娜表示身為貴族，應該要積極完成這種工作，而她的態度也獲得了羅德里希的稱讚，雖然卡特琳娜因此變得幹勁十足，但薇爾瑪露骨的發言，馬上就打消了她的興致。

「薇爾瑪小姐也是貴族……而且是那位艾德格軍務卿的養女，應該要更有幹勁一點……」

「我只是養女，而且歷史愈是悠久的大貴族，在這方面愈是意外地冷靜。更何況……」

「更何況什麼，薇爾瑪小姐？」

「這是工作。還是冷靜又有效率地執行比較好。」

看來卡特琳娜和薇爾瑪，對工作的想法有很大的落差。

雖然這種事沒有所謂的對錯。

「那麼，羅德里希先生。我們該去哪裡驅逐翼龍與飛龍呢？除了我們這些人以外，還需要其他人手吧？」

此時，艾莉絲向羅德里希詢問工作的詳情。

「當然不是只有各位。那些翼龍和飛龍會出現在鮑麥斯特伯爵領地內的各處，鄙人已經派了許多老練冒險者和專門狩獵龍的集團前往那些地方。」

就算是羅德里希，也不至於把這種大工作全都丟給我們處理。

他表示已經先派了其他人員過去。

「在獵到預定的數量前，我們會以高出行情的價格收購素材。」

只要配合預定狩獵的數量，抬高收購素材的價格，就能快速獵到預定的數量。

收購素材的優待結束後，老練的冒險者們就會覺得回到魔之森狩獵比較有效率，不會繼續勉強自己狩獵龍。

獵龍集團也會覺得回到自己的地盤比較節省經費，這樣就能防止他們過度狩獵。

「雖然這是個好方法，但那些獵龍集團沒問題嗎？」

「是啊。要是又發生騷動就不妙了。」

艾爾和伊娜對獵龍集團沒什麼好印象，這是因為以前布洛瓦藩侯家的人——也就是湯瑪斯他們

——曾經想在鮑麥斯特騎士領地掀起叛亂。

而且他們正是偽裝成專門狩獵龍的隊伍，混進鮑麥斯特騎士領地。

「艾爾文，伊娜大人。那些人只是假冒他人名義的冒牌貨。真正的獵龍集團，並不會做那種風險遠大於利益的事情。因為獵龍集團通常是由個性嚴謹的人組成。」

他們透過集體行動，盡可能提升狩獵龍的效率，並在不產生爭執的情況下瓜分報酬。

所以真正的獵龍集團，確實不可能參與犯罪。

「羅德里希先生對這方面的事情還真是清楚。」

「露易絲大人，雖然期間不長，但鄙人也曾經參加過知名的獵龍集團。」

「羅德里希先生的經歷真是豐富。」

沒想到他連這種工作都做過。

露易絲被羅德里希豐富的經歷嚇了一跳。

「所以這次的工作，鄙人也委託了認識的集團。各位不需要到處跑來跑去，只要負責地圖上的這塊區域就行了。」

羅德里希攤開地圖，指出我們負責的區域。

「附近都沒什麼人煙呢。」

從位置上來看，大概是鮑麥斯特騎士領地和保羅哥哥領地的中間地點。

那裡還沒有開始開發，根本就沒人住。

「確定是這裡嗎？」

「不曉得為什麼，這裡明明沒有人出沒，翼龍和飛龍的活動卻非常活躍，所以才會判斷應該驅逐一定程度的數量。之所以請各位負責這裡，是因為有艾莉絲大人在。」

「因為有治癒魔法嗎？」

「是的。」

如果是附近有人住的地區，就算冒險者的隊伍裡沒有治癒魔法師，也能將傷患送到那裡治療，但在遠離人煙的地方，如果隊伍裡沒有治癒魔法師，會對治療造成妨礙。

這對傷者的生存率也有極大的影響。

「即使是獵龍集團，也很少有自己的治癒魔法師。臨時參加的冒險者就更不用說了。主公大人的隊伍裡有艾莉絲大人在，所以才會負責離人煙最遠的地區。」

「原來如此。反正在陛下與布雷希洛德藩侯採取行動前，隧道的事不可能有進展，我們平常也沒什麼機會狩獵龍，就當作是去轉換心情吧。」

「如果狀況有什麼進展，鄙人會跟各位聯絡，所以請先專心處理這邊的工作。」

「我知道了，那麼，出發吧。」

於是，我們參加了減少翼龍與飛龍數量的行動。

羅德里希指定的地點，是某個位於鮑麥斯特騎士領地與保羅哥哥領地中間的山坡地帶。

因為已經有老練的獵龍集團先過去那裡了，所以我們先用「瞬間移動」移動到鮑麥斯特騎士領地，再搭魔導四輪車過去。

「抱歉，我今天沒什麼時間。這是土產。」

「既然是為了工作，那就沒辦法了。是帝國的土產啊，真不好意思。」

我中途稍微繞到鮑麥斯特騎士領地，將帝國的土產交給赫爾曼哥哥，並和他討論接下來的工作。

「這裡沒問題嗎？」

「嗯，在那起事件過後，真正的獵龍隊伍就開始輪流駐守在這裡。他們會定期狩獵翼龍和飛龍，所以我們這邊並不覺得龍的活動有變活躍。」

赫爾曼哥哥在成為新當家後，為了讓鮑麥斯特騎士領地變得更加繁榮，開始增產蜂蜜與蜂蜜酒、開墾農地、提供宿舍給專門獵龍的冒險者，以及幫忙他們解體獵物，如今這塊領地已經變得比帝國內亂前繁榮許多。

坦白講，和以前的鮑麥斯特騎士領地簡直是雲泥之別。

「不過，我們這邊撥不出人手幫忙，因為一旦兵力變少，就會無法應付翼龍與飛龍的來襲。」

「我想也是，但不用擔心。」

羅德里希說他已經先派厲害的獵龍集團過去了，我們只要和他們一起戰鬥，就能輕鬆獲勝。

既然他都這麼說了，應該是沒問題。

「那麼，我們該前往現場了。」

「路上小心。有空再來玩吧。孩子們也都很期待看到你。」

我們在赫爾曼哥哥的目送下，前往翼龍和飛龍活動變活躍的地方……

「哇！那輛魔導四輪車的速度也太快了吧？」

走路去現場太花時間，之前又沒有靠「瞬間移動」去過那裡，所以我們和穿過隧道時一樣，利用魔導四輪車代步。

雖然所有人都有好好練習過，但艾爾他們搭的那輛魔導四輪車，速度卻莫名地快……

大家明明是一起練習，該不會是不小心遺漏了什麼？

「吶，威爾。」

「露易絲，怎麼了嗎？」

「遙之前有練習過嗎？我怎麼沒什麼印象？」

「……」

這麼說來，確實是如此，之前開魔導四輪車前往隧道所在地順便練習時，遙忙著準備婚禮沒有參加。

這表示，她今天是第一次駕駛魔導四輪車？

「不過她的技術會不會太好了？」

「而且速度還非常快。」

我大概猜得到是怎麼回事。

雖然遙平常個性穩重，但她應該是那種一握方向盤就會性格大變，然後不小心開太快的類型。

在這個世界，也有許多人一騎上馬就會性格大變。

「這樣也沒什麼不好。」

我們是在平原上開車，周圍幾乎沒有障礙物。

應該沒那麼容易發生交通事故。

而且以第一次開車來說，遙的技術算是非常好，所以我並不是因為我們開的是魔導四輪車，才感到這麼放心。

「我說啊，威爾，你都不覺得奇怪嗎？」

「哪裡奇怪？」

我、艾莉絲、伊娜和露易絲搭乘的另一輛魔導四輪車，也順利地在平原上奔馳。

雖然感覺速度好像有點快，但目前並沒有什麼特別奇怪的地方。

「艾莉絲不管做什麼都很厲害呢。」

艾莉絲今天難得主動表示要當駕駛。

不過，她可是完美超人。

雖然感覺她今天有點過於安靜，但並沒有什麼特別奇怪的地方……應該沒有吧？

「遙明明開太快了，我們卻一點都沒有落後。」

「因為如果不小心走散，會很麻煩吧。」

這裡並不是山坡地帶，但靠近目的地後，還是有可能突然被翼龍與飛龍襲擊。

艾莉絲應該是考慮到了這點吧。

所以她才認真駕駛，緊跟在遙的車子後面。

「不愧是艾莉絲，不用特別指示，就做出了最好的應對。」

然而，接下來狀況突然產生了變化。

「威爾，坐在前面的魔導四輪車副駕駛座的艾爾，臉色好像非常蒼白。」

儘管從這裡看不太清楚，但艾爾似乎正在向負責駕駛的遙搭話……

「艾爾那傢伙，居然和正在開車的駕駛講話，萬一害對方分心，不是會很危險嗎？」

即使這裡是沒有障礙物的平原，依然要遵守最低限度的規則。

晚點得好好警告他才行。

「我覺得他看起來像是想要阻止遙……」

露易絲才剛說完，遙開的魔導四輪車的速度就突然變快。

簡直就像是在無限速的高速公路上開車一樣。

「明明車速錶的指針已經到了極限，卻還能繼續加速！真是太厲害了！」

魔導四輪車發揮出完全不輸地球車輛的性能，讓我難掩驚訝。

「威爾，現在不是佩服的時候，你看！」

我順著視力很好的露易絲指示的方向看過去，發現坐在後座的薇爾瑪像神像般僵住，卡特琳娜則是轉身向我們求助。

「這還真是出乎意料……」

沒想到，遙居然是速度狂……

「艾莉絲，不用勉強配合他們的速度。」

這附近都沒什麼障礙物，即使不幸發生車禍，卡特琳娜也會設法用魔法處理……不然車上的乘客可能會受重傷……所以我指示握著方向盤的艾莉絲安全駕駛，但她不知為何保持沉默。

不對，她好像在自言自語。

「……追不上……必須再更快、更快才行……不能輸……我應該可以開得更快……」

「那個……艾莉絲小姐？」

感覺她的語氣和平常不太一樣？

「沒問題，我還能更快……上吧！」

艾莉絲突然大喊，並一口氣將油門踩到底。

「唔哇！」

「「呀啊——！」」

突如其來的加速，讓我、伊娜和露易絲都撞上了椅背，但艾莉絲駕駛的魔導四輪車，一口氣超越了遙駕駛的魔導四輪車。

「為什麼要超越他們啊！」

「啊哈哈……伊娜小姐，這是在預防走散……」

艾莉絲回答伊娜的抗議，仔細一看，她的眼睛直直瞪著前方。

就連笑法都和平常不太一樣。

「原來艾莉絲也很喜歡開快車！」

沒想到艾莉絲也是速度狂。

雖然發現了這個出乎意料的事實，但在這種情況下又沒辦法更換駕駛，而且……

「遙的魔導四輪車又超車了！」

在遙超車時，我看見艾爾臉色蒼白、薇爾瑪還是一樣宛如神像般僵住，卡特琳娜則是抱著魔杖，嘴裡念念有詞。

不但是速度狂，而且遙還是無法容忍被別人超越的類型。

她再次超越艾莉絲。

「嘖……」

「露易絲，咂嘴也太低級了。」

「威爾，不是我啦。是艾莉絲。」

「啊？怎麼可能。」

接受嚴格的教育，被當成大貴族千金養大的艾莉絲，怎麼可能咂嘴，然而我一看向緊握方向盤的艾莉絲……

「真有本事……居然能超過我，不過……」

「……看來這次的駕駛完全選錯人了，下次得小心點才行……」

「威爾！現在不是說這個的時候！」

「如果發生車禍，我會想辦法處理。」

我和卡特琳娜一樣拿出魔杖，以備不時之需。

雖然我不用魔杖也能發動魔法，但有魔杖時速度會稍微快一點，這樣比較容易防範乘客受傷。

而且……如果不抱著魔杖，我會覺得非常不安。

「威爾，你看起來比之前在遊樂園搭雲霄飛車時冷靜呢。」

「好像變得比較習慣了……雖然我討厭這種習慣方法……」

那個遊樂園的雲霄飛車，害我經歷了討厭的事件。

不過一想到多虧了那個設施，我現在才比較能夠忍受艾莉絲的失控，就覺得那段經驗也不是那麼壞？

「超不過去……」

「艾莉絲！不用勉強超車啦！」

「不行。這輛車上坐著我們的丈夫……鮑麥斯特伯爵家的當家，怎麼可以落於人後呢？」

意思是家臣的魔導四輪車，不能開在主人搭乘的魔導四輪車前面嗎？

姑且還算是合理……

「不對……艾爾是我的護衛，所以本來就經常走在我前面。」

艾莉絲只是想超越遙駕駛的魔導四輪車而已。

「吶，威爾，在遊樂園時還沒這麼誇張吧？」

我大概知道原因。

艾莉絲一定是那種只要握了方向盤，就一定要跑在最前面才肯罷休的性格。

她之前只有在練習時開過車，所以我們都沒發現。

「沒想到平常人格高尚又溫柔的艾莉絲，也有這樣的一面。」

遙也一樣。

難不成平常個性沉穩的人，特別容易變成這樣嗎？

「真是上了一課。」

「現在不是感動的時候吧！」

「威爾，要換我來開嗎？」

「不，如果辦得到，我早就這麼做了。」

我害怕得不得了，只能像這樣思考各種事情逃避現實。

「嘖！」

此時，遙的魔導四輪車又再次超過我們，惹惱了艾莉絲。

她再次全力踩下油門，追過遙駕駛的魔導四輪車。

超車時，我發現艾爾、薇爾瑪和卡特琳娜的表情已經徹底放棄。

「（看來以後要禁止艾莉絲和遙開魔導四輪車了？）」

「（威爾，絕對要徹底執行喔！）」

「（一定喔！）」

「親愛的，前面的天空真藍呢。」

「嗯……是啊……」

因為這裡是無人的草原，而且我們剛超越了遙駕駛的魔導四輪車。

前面什麼都沒有，能夠清楚看見天空，這讓艾莉絲非常開心。

在抵達目的地前，艾莉絲和遙不斷互相超越，像某部飆車族漫畫一樣展開激烈的競爭。

「親愛的，我們比預定時間還要早到呢。」

「是啊，艾莉絲。」

明明離預定時間還早，我們卻已經抵達出現大量翼龍和飛龍的地點。

原因不難想像。

負責駕駛魔導四輪車的艾莉絲和遙，移動時幾乎是全力在競爭，所以當然會變成這樣。

雖然早點抵達是件好事，但除了兩人以外，其他人走下魔導四輪車時都頭暈目眩，連路都走不穩。

幸好厄尼斯特事先給的暈車藥非常有效，否則駕駛以外的人，應該都當場倒下了。

「（畢竟一直以那樣的速度開車……）」

「（你們也一樣啊。因為艾莉絲一握住方向盤，眼神就變了，所以我還在想遙小姐是不是也是這樣……）」

「（和平常的樣子落差真大。）」

「（我到現在還走不穩。）」

艾爾他們在艾莉絲和遙聽不見的地方，說明自己悽慘的遭遇。

「親愛的，開車真是愉快呢。」

「原來艾莉絲是這麼想的啊。」

「親愛的不覺得愉快嗎？」

「魔導四輪車只是交通工具而已。所以就像在騎馬一樣。」

「畢竟親愛的平常不太喜歡騎馬呢。不過，那個速度真是讓人欲罷不能。」

「速度快是件好事呢。」

雖然發現艾莉絲其實是個速度狂，但一走下魔導四輪車，她就像突然恢復正常般，以一如往常的笑容向我搭話。

或許她是靠開車來抒解平常累積的壓力也不一定。

「回程也可以讓我開車嗎？」

「呃……」

就在我思考該怎麼拒絕才不會傷害到艾莉絲時，我感覺到好幾道視線。

轉頭一看，就發現艾爾他們好像想對我表達什麼。

他們一定是想對我說「務必要拒絕！」吧。

「（放心吧，我也是這麼想的）在驅逐翼龍的期間，奧伊倫貝爾格騎士領地的狀況可能會產生變化，回程還是用『瞬間移動』縮短移動時間比較好。改天再找機會開車吧？」

「說得也是。我也真是的，居然把隧道的事情忘得一乾二淨。」

「如果妳喜歡開車，可以把這當成空閒時的興趣喔？」

魔導四輪車是貴重的發掘品，應該可以當成貴族的興趣。

就像騎馬一樣。

而且一個人開車，就不會牽連到其他人了。

「可以嗎？」

「這點小事沒問題啦。這原本就是我們發掘出來的東西。」

不過是在家裡的庭院擺一輛車，當成鮑麥斯特伯爵夫人空閒時的興趣，根本就不成問題。

自從帝國內亂以來，艾莉絲也累積了不少壓力，如果開魔導四輪車能讓她消解壓力，那這代價還算便宜。

「真羨慕艾莉絲大人。」

速度狂二號——遙一聽見我們的對話，就露出非常羡慕的表情。

「遙也可以一起開啊。」

「主公大人，真的可以嗎？」

「我一點都不介意喔。」

只要讓這兩個人自己賽車，我們就不會受害了。

不如說這樣反而更好。

「艾莉絲大人，真是令人期待呢。」

「是啊，我也覺得好期待。」

兩位美少女開心地說道。

不過，她們只要一握方向盤，就會性格大變。

唉，每個人本來就都有不為人知的一面，如果只有開車時會變成那樣，還不算是什麼大問題。

而且，我以後絕對不會再搭她們的車。

「打從厄尼斯特先生之前借我看原本放在隧道裡的資料時起，我就好想嘗試夫妻兩人一起出去『兜風』呢。」

那個混帳魔族！

居然給艾莉絲看那種多餘的東西！

如果是兜風，我不就不得不奉陪了嗎？

你應該多替你的贊助者著想，學習察言觀色啊！

「艾莉絲大人，請問『兜風』是什麼意思？」

「就是夫妻或預定結婚的男女，一起開魔導四輪車出遠門的意思。」

「我也想和艾爾先生一起『兜風』。」

「聽起來真不錯。我們也可以開兩台車，一起出去兜風呢。」

搭艾莉絲和遙開的魔導四輪車外出兜風啊……到最後一定會變成賽車吧！

而且連我也得參加！

我看向同樣確定必須參加的艾爾，他也已經變得臉色鐵青。

因為他也無法拒絕遙的願望。

「（各位！咦……為什麼大家都別開視線了？）」

伊娜、露易絲、薇爾瑪和卡特琳娜，都將視線從我和艾爾身上移開。

或許是發現自己倖免於難，她們的表情看起來都像是鬆了口氣。

再也不想搭遙和艾莉絲開的車了。

她們已經達成這樣的共識。

「遙小姐，真希望能早點排出時間兜風呢。」

「是啊，艾莉絲大人。我現在就開始在期待了呢。」

兩人看起來非常開心，但我和艾爾已經確定會在不遠的將來，定期被捲入那種失控駕駛，所以從現在就開始憂鬱了。

＊　＊　＊

「各位就是鮑麥斯特伯爵大人率領的成員嗎？詳情我都聽羅德里希說了……各位看起來很累呢？伯爵大人，路途有這麼遙遠嗎？」

「一言難盡……」

「貴族真是辛苦呢。」

走下魔導四輪車後，我們沒走多久就抵達了翼龍與飛龍的出沒地點。

就和羅德里希說的一樣，已經有幾十名獵龍集團的成員在這裡搭了帳篷。那個集團的首領，親自過來迎接我們。

那位首領看起來約五十歲上下，他的皮膚曬得黝黑，精實的身體明顯經過鍛鍊，他的左眼似乎看不見，所以在上面戴了個眼罩。

「我是『龍鬥團』的首領，哥爾夫。我們在專門獵龍的隊伍中，算是小有名氣。」

「我是『屠龍者』的隊長，威德林。」

「鮑麥斯特伯爵大人，原來這是正式名稱啊。不好意思，其實我之前就聽羅德里希說過了。」

我們今天是以冒險者的身分工作，所以我報上隊伍的名稱，感覺很久沒說出這個「屠龍者」這個名號了。

「其實我早就忘了這個隊名。」

「喂！」

怎麼可以忘記。

我斥責艾爾。

……其實我也差點忘記了。

「沒想到居然能和這裡的領主大人一起工作。我們之前就有聽說過您的實力，所以很高興能與您共事……來到這麼偏遠的地方，應該很累了吧？我們接下來也要休息，這邊請吧。」

「真不好意思。」

遙和艾莉絲的駕駛，讓我們身心俱疲，所以我們很慶幸哥爾夫先生他們事先搭好了帳篷。

我們在他的帶領下，來到一個大型帳篷。

「龍鬥團」是個專門狩獵龍的大隊伍，所以他們在現場搭了許多帳篷。

他們也有自己準備餐點，幾道炊煙緩緩升起，負責調理的人俐落地進行作業。

「因為是大隊伍，所以也有專門負責料理的人呢。」

我們當中最常煮飯的艾莉絲，在第一次看見大隊伍營運的狀況後，感到十分佩服。

「夫人關注的地方，和其他冒險者有點不同呢。因為我們總是以這些人數行動，所以料理的事情都是交給專門的成員。廚師雖然還年輕，但是個想在這裡存錢自己開店的傢伙，手藝也很不錯。」

「戰鬥方面呢？」

「畢竟目標是當廚師，所以戰鬥方面完全是外行人。雖然姑且會讓他攜帶自衛用的武器，但狩獵時通常會請他迴避。」

到了這個人數，與其說是冒險者隊伍，不如說是小規模的軍隊。

所以也有不參加狩獵，專門在後方支援的成員。

我們一走進大帳篷，馬上就有實習人員過來幫我們上茶。

「除此之外，也有專門負責整頓武器、防具和陷阱，或是幫忙調度和管理食材等物資的人。羅德里希之前不只擔任經理，還會參加狩獵，他從以前就是個能幹的傢伙，我本來想讓他當『龍鬥團』的下一任首領，但他現在已經是鮑麥斯特伯爵家的家宰，完全成了雲端上的人物。」

哥爾夫先生立刻開始說起羅德里希以前在「龍鬥團」時的狀況，沒想到他從以前就這麼多才多藝，真是令人佩服。

「感覺羅德里希先生，不管去哪裡都能活得很好。」

「羅德里希應該從來沒對生活感到困擾過吧。」

雖然相對地，也有點樣樣通樣樣鬆的感覺。

「這點威爾大人應該也一樣。」

「是啊。」

薇爾瑪說的沒錯，我是魔法師，所以只要當冒險者，就能過舒適的生活。

「如果要這麼說的話，那卡特琳娜也一樣吧。」

「魔法師就算自己一個人也能生活，也不缺賺錢的手段。」

再加上卡特琳娜的個性又比我還要頑強，也比較能忍受孤獨。

「威德林先生，你是不是在想什麼失禮的事情？」

「這怎麼可能呢。啊——這茶真好喝。」

我為了敷衍卡特琳娜，將茶一飲而盡。

「哥爾夫先生，我們在這裡休息沒關係嗎？」

「當然沒關係。小姐，妳是瑞穗人嗎？」

「你真清楚呢。」

遙很驚訝哥爾夫先生居然知道自己是瑞穗人。

因為在赫爾穆特王國，意外地有很多人不曉得瑞穗這個地方。

「專門獵龍的隊伍只要一變有名，就會因為委託而認識許多貴族。其中也有人會用瑞穗的產品代替報酬。」

看來是曾經有貴族委託他們驅逐龍或取得龍的素材，再用瑞穗的瓷器折抵一部分的報酬。

「原來是這樣啊。」

「我也有幾個瑞穗的瓷器。雖然設計有點奇特，但我很喜歡。」

與其說是只要當上知名獵龍隊伍的隊長，知識就會變得比其他冒險者豐富，不如說是賺錢能力不同。

包含非戰鬥成員在內，隊長不僅要指揮數十個人，還得狩獵龍維持隊伍的營運。無能的人根本無法勝任。

「我們也只比各位早到幾個小時，才剛搭好帳篷而已。為了替明天的狩獵做準備，大家今天就先好好休息吧。」

「真是慎重呢。」

「那還用說。」

哥爾夫先生像是覺得理所當然般，乾脆地回答伊娜。

「我們又不強，所以才不會亂來。」

「不強嗎？但各位不是專門獵龍的隊伍……」

「當然，包含我在內，還是有幾個比一般的老練冒險者還要強的人，不過也有不強的人，行動時也通常會摻雜幾名新人。獵龍隊伍真正需要的是團結合作的能力。」

「團結合作的能力啊。」

「沒錯。像鮑麥斯特伯爵大人這種等級的魔法師，應該一個人就能打倒翼龍吧？而我們卻是這麼多人一起上，這樣怎麼想都很弱吧。」

雖然哥爾夫先生對伊娜如此說明，但這應該只是謙遜之詞。

如果是其他魔物，他們應該可以狩獵得更輕鬆。

龍幾乎可以說是最強的魔物，透過集團戰鬥的方式，在盡可能不造成犧牲的情況下，有效率地狩獵龍。

這就是「龍鬥團」。

「為了保險起見，我們會派人輪班警戒，不過翼龍通常不會來這裡，考慮到明天的行動，今天還是先養精蓄銳比較好。這次有各位幫忙，已經比平常輕鬆不少了。」

「哥爾夫先生，可是你剛才說還有其他人在忙著做準備……」

「夫人，我們是採分工合作。雖然有些成員正忙著替明天作準備，但我們這些明天才要開始忙的人，現在應該要好好休息。這也是工作的一部分。」

「讓各個成員確實完成自己的工作啊。話說回來，具體而言，到底要怎麼打倒翼龍？」

「這個嘛……」

我們的目標，是打倒行動變活躍的翼龍與飛龍。

至於方法，則是要利用牠們猙獰的特性吸引牠們過來。

「我們的同伴，在距離這裡約一公里、靠近利庫大山脈的森林裡設置了陷阱。」

按照哥爾夫先生的說明，他們似乎在森林的大樹之間，設置了許多堅固的金屬網。

「設置金屬網的方法，是我們隊伍的祕密。當然只靠這個還無法抓住牠們，必須另外準備誘餌。」

他們事先準備了還活著的大型野生動物與魔物，放在那裡當成誘餌。

「雖然有點殘忍，但我們會把瀕死的活餌，用金屬線吊起來。」

原來如此，像這樣將誘餌吊起來，那些動物與魔物就會流出大量的血並大聲慘叫，然後再配合血的味道吸引翼龍和飛龍過來。

「聽說鮑麥斯特伯爵大人的夫人是教會的人，所以有點難以啟齒呢。」

教會並不認為靠狩獵動物和魔物維生是件壞事。

不過就算是為了吸引龍，刻意弄傷誘餌又不取其性命，還是有可能被神官斥責太過殘忍。

「這樣的作法，確實讓人有點不以為然，不過既然翼龍和飛龍之後可能會出現在有人的地方，這也是無可奈何。」

「聽夫人這麼說，我們就放心了。」

哥爾夫先生發現艾莉絲沒有生氣後，露出鬆了口氣的表情。

「不能事先潑灑魔物的血，再模仿牠們的叫聲嗎？」

「原來如此，這樣就不需要每次都虐殺魔物了。」

卡特琳娜對薇爾瑪提出的替代方案感到佩服。

「我們原本就會在誘餌旁邊補灑血，但單純灑血沒什麼效果，可能會被龍看穿。叫聲也一樣。如果這個方法行得通，我們早就這麼做了。我們也不是自己喜歡做這種事。」

即使對象是野生動物和魔物，哥爾夫先生也不想花時間讓牠們慢慢慘死。

「有辦法活捉魔物嗎？」

「可以，只是很困難。」

哥爾夫先生告訴艾爾活捉魔物時，有時候會不小心殺掉牠們，或是害牠們變得過度衰弱而當不成誘餌。

即使人手眾多，如果沒有一定程度的實力，還是無法活捉大型魔物與野生動物。

「我們會在明天的作戰開始前準備好誘餌，設置陷阱的事也交給我們就行了。」

意思是我們只要負責給被引誘過來後，卡在網子上的龍最後一擊吧。

「再來就是打倒雖然被引來森林，但沒有被網子困住的龍。鮑麥斯特伯爵大人的隊伍裡有很多魔法師，所以這部分的工作主要是交給各位。」

這麼說來，「龍鬥團」似乎沒有優秀的魔法師。

只有一個初級魔法師……不對，另外還有一個。

光是有兩個魔法師就很了不起了。我的隊伍的魔法師人數，某方面來說算是異常。

不過「龍鬥團」之所以能成為知名的獵龍隊伍，主要還是多虧了他們的隊伍實力與哥爾夫先生的指揮能力。

「你們只有兩個魔法師啊。」

「兩個？啊，優秀的魔法師對其他魔法師的氣息也很敏感呢。不過，其實我們隊伍只有一個常駐魔法師。」

那是個年輕的男性，而且以冒險者來說還是個新人，正在接受培育。

「所以，我找了一個認識的冒險者來幫忙。雖然是個年輕人，但已經很習慣狩獵龍。我是希望她能就這樣直接加入我們，但她比較喜歡單獨行動。話雖如此，她也不僅人面廣，也不會拒絕別人的求助……」

「打擾了。」

就在哥爾夫先生跟我們聊起他找來的幫手時，那位擁有魔力的當事人走進了帳篷。

我看見那個人的外表後，嚇了一跳。

「女的？」

「女冒險者有這麼稀奇嗎？哥爾夫先生，陷阱已經設好了。」

「不好意思，卡琪雅。還讓妳特地過來通知。」

「只是順便而已。畢竟我負責處理沒被網子困住的獵物。話說回來，雖然我有聽過傳聞，但還是很令人驚訝呢。居然有這種成員幾乎都是魔法師的隊伍。」

看著我們說出這些話的少女，似乎叫卡琪雅。

雖然她的講話方式像個勇猛的男性，外表卻是個如洋娃娃般美麗的美少女。

她的身高只有約一百五十五公分，即使將偏黑的褐色長髮綁成雙馬尾，長度依然過膝。

從服裝和裝備，能看出卡琪雅是個典型的冒險者，她身穿白色背心搭配牛仔材質的短褲，腳踩經過補強的靴子，除了輕薄的手甲和護胸以外，她不知為何還戴著護額。

大概是從瑞穗公爵領地進口的吧？

她主要的武器，似乎是背在背上的兩把細長的刀。

連著刀鞘的皮帶，在她胸前交叉成十字形。

「那是軍刀吧。」

「軍刀啊……」

興趣是收集刀劍的艾爾，告訴我卡琪雅身上背的那兩把刀是軍刀。

這麼說來，我在武藝大會上好像也有看過。

「艾爾，軍刀很罕見嗎？」

「那姑且也算是刀劍的一種，所以貴族也能使用，但不知為何不怎麼受歡迎，被認為是較為劣等的武器。」

「這樣啊。」

好像是因為軍刀和一般的劍不同，缺乏厚重感。

雖然應該也有具備厚重感的軍刀，但總之軍刀被視為比一般的劍還要劣等的武器，很少有貴族會使用。

難怪我幾乎沒看過。

「另外還有一種叫刺劍的武器，也給人類似的印象。因為是以突刺為主的細劍，所以被認為是卑鄙的武器。」

「突刺一點都不卑鄙吧。」

「只是貴族擅自這麼認為而已。」

因此幾乎沒有貴族會使用這兩種武器。

確實，我在王都時也沒看過佩帶軍刀或刺劍的貴族，武藝大會上也很少人使用。

「看來那對雙刀的設計，著重於輕量化。」

雖然形狀與日本刀不同，但同樣以斬擊為主嗎？

從防具也很輕便來看，卡琪雅的戰鬥方式應該特別重視速度。

艾爾用的那種沉重大劍，應該與她的身材不合吧。

「還有，你看她的腰那裡。」

「那是短劍嗎？還是小刀？」

卡琪雅的腰帶上，插了約十把投擲用的小刀。

「因為是重視速度的戰鬥方式，所以會先從遠處投擲小刀，再趁機拉近距離。」

即使只是小刀，也不能忽視。

尤其是這種武器通常都會瞄準臉，與卡琪雅戰鬥的對手，會被迫用劍彈開迎面射來的小刀。

這麼一來，卡琪雅就能趁機接近敵人。

「原來如此。」

艾爾的解說讓我心服口服。

不愧是劍術才能獲得瓦倫先生認同的人。

「威德林先生。」

接著，卡特琳娜拉了一下我的長袍。

我知道她想說什麼。

卡琪雅擁有魔力。

雖然不到中級，但她的魔力搭配劍術應該相當強。

「跟各位介紹一下，這位是偶爾會來幫忙的卡琪雅。」

就在我們互相評估完彼此的實力後，哥爾夫先生抓準時機，向我們介紹他找來的美少女幫手卡琪雅。

「然後，這位是同樣來幫忙的……」

「我知道，是鮑麥斯特伯爵大人率領的成員吧？」

看來卡琪雅似乎認識我們。

「畢竟你們是話題不斷的名人，實力也是掛保證的，我也得小心別讓獵物被你們搶走呢。」

「卡琪雅應該不用擔心這個吧？而且這次的獵物很多啦。」

「似乎是這樣呢。好久沒遇到這麼大筆的生意了。」

居然把獵龍形容成生意，雖然她散發的氣氛也是如此，但這位叫卡琪雅的少女，實力應該相當堅強。

可不能被她的外表給騙了。

「那個……妳也是魔法師吧？」

令人意外的是，第一個向卡琪雅搭話的人，居然是卡特琳娜。

「我會的魔法不多，所以嚴格來講，或許不能算是魔法師。」

「是身體強化……以及增加速度的魔法嗎？」

「喔，看來『暴風』這個外號並非浪得虛名。」

「妳認識我嗎？」

「我的冒險者經歷好歹比你們長。『暴風』又是有名的魔法師。」

我本來以為卡琪雅頂多和我們同年或者更年輕些，但看來她其實比我們年長。

此外，雖然我們沒什麼實感，但卡特琳娜其實是相當有名的魔法師。

因為周圍的人都太有個性，害她和我們在一起時變得不怎麼顯眼。

尤其是導師。

「哥爾夫先生，這次應該可以比平常獵到更多獵物吧。」

「我可不想輸給在其他地方獵龍的隊伍或冒險者。這次有人願意大手筆地收購素材。漏網之魚就交給卡琪雅，我們也得加油才行。」

「那我就努力撿剩下的稻穗吧。」

居然把狩獵沒被網子困住的翼龍和飛龍，比喻成撿剩下的稻穗……看來卡琪雅的實力比想像中還強。

之後，除了留下來監視的人以外，負責設置陷阱的成員也回來了。為了避免其他動物掉進好不容易張好的網子裡，在明天早上於現場設置誘餌之前，都要有人留在那裡監視。

到了晚餐時間，所有人都幾乎到齊了，卡琪雅和我們一樣算是外來的幫手，所以是和我們一起用餐。

「不好意思，艾莉絲小姐。」

「別這麼說，人多一點，飯也比較好吃。」

看來與其說是性格，不如說卡琪雅的性質與卡特琳娜完全相反。

卡琪雅若無其事地加入我們的行列，和我們一起吃晚餐，艾莉絲她們也一下就接受了她。她的性格讓人不會覺得她很厚臉皮或是在裝熟，能夠自然地融入其他團體。

「畢竟龍鬥團的成員都是男性。」

「這麼說來，確實沒看見女性呢。」

「男女一起行動會比較麻煩，尤其是他們的人數又那麼多。」

如果是人數少的隊伍，就算成員有男有女也不稀奇，但像「龍鬥團」這種規模的隊伍，通常不會有女性成員。

獵龍集團通常會長期待在遠離人煙的地方，所以沒有女性成員能省下許多麻煩。

「我平常都是獨自行動。臨時加入冒險者隊伍幫忙時，通常都有其他女性，所以我經常和她們一起用餐和睡覺。」

「畢竟有些男性冒險者可能會打歪主意。」

露易絲邊說邊看向艾爾。

「喂！妳別在那裡造謠！我才不會做那種事！為什麼不說威爾啊！」

「我才真的是被謠言所害吧。」

我早就說過不想再娶更多妻子了！

不如說除了艾爾他們以外，我根本就沒和其他冒險者搭檔過。

這樣要怎麼對其他女冒險者出手？

「如果真的發生那種事，我會把下手的人揍扁，害戰力下降呢。身為臨時加入的成員，我通常會小心保持距離。」

「意思是妳不會大意囉。」

「露易絲，妳也一樣吧？」

「是這樣沒錯。」

趁夜偷襲露易絲這種事。

一般人根本不可能成功吧。

「站在我的立場，如果來夜襲的人是威爾，我倒是很歡迎呢。」

「別忘了還有我在……」

露宿時，通常都會睡在露易絲旁邊的伊娜，向露易絲抗議。
「那就三個人一起。」
「我才不要……」
「誰會那樣做啊！」
就算是休息時間，我也不會在工作時那麼做。
要做也要等回家再做！
因為我是對工作非常認真的日本人。
「你們的感情真好。」
「因為我、艾爾、露易絲和威爾，是這支隊伍的元老成員啊。」
「我是之後才加入這支隊伍。」
「再來是我，然後就沒了。」
「薇爾瑪小姐，還有我啊……」
「我忘了。」
「拜託妳別忘記啦！」
明明外表非常顯眼卻擁有孤僻體質的卡特琳娜，反駁遺忘了自己存在的薇爾瑪。
薇爾瑪當然不是真的忘記，這兩人平常就是這個樣子。
「我當上冒險者後，也加入過不少隊伍，但總是找不到與自己合得來的隊伍，所以後來就一直像這樣當別人的幫手。這種作法和我的個性意外地合，目前也不缺賺錢的工作。」

雖然要到明天才能確定卡琪雅實際的戰鬥力，但她除了哥爾夫先生以外，似乎還認識許多冒險者，可見她應該是那種「溝通能力非常優秀」的類型。

如果她去日本換工作，或許馬上就能找到好工作。

反倒是卡特琳娜，感覺會陷入苦戰……

「威德林先生，你是不是在想什麼失禮的事情？」

「不，完全沒這回事。」

我拚命搖頭。

「還是準備一些點心比較好呢。」

吃完晚餐後，大家仍繼續聊天，但畢竟是女性成員偏多的冒險者隊伍。

再加上新加入的成員也是女性，所以大家開始想吃甜食了。

艾莉絲看向我，應該是希望我從魔法袋裡拿一些甜食出來吧。

「既然讓你們請了一頓飯，點心就由我來準備吧。」

然而，卡琪雅說要幫我們準備點心。

就在我納悶她要怎麼準備時，她掏出了魔法袋。

「魔法袋啊，該不會是泛用型？」

「當然是泛用型。以我的魔力量，用魔法師專用的魔法袋，容量會太小。」

卡琪雅簡單回答艾爾的問題。

魔法師專用的魔法袋容量，是取決於使用者的最大魔力量。以卡琪雅的魔力，應該不夠裝獵到的翼龍與飛龍。

「雖然貴，但很方便呢。」

「光是買得起，就算很厲害了。」

「是啊。泛用型的魔法袋，在瑞穗也要價不菲。」

就算是在瑞穗，也很難製造出能夠藉由量產來壓低成本的泛用型魔法袋。

「既然您要幫忙準備點心，那我就來泡茶吧。」

甜點果然還是配茶最搭。

而我們當中最會泡茶的艾莉絲，對茶也有一套自己的見解。

她一如往常地，開始細心地泡茶。

「不好意思，艾莉絲。今天早上是由獵龍團的年輕人幫忙泡茶，但他好像以為泡得愈濃愈好喝，所以味道不太好吧。」

「大概是不習慣泡茶吧。」

「讓新人泡茶啊。感覺滿常見的。」

話雖如此，其實艾爾幾乎沒幫別人泡過茶。

反正一定很難喝，所以誰也不會拜託他。

「因為是新人，所以才會被派去打雜。」

在日本也是如此。

我剛進公司時，也曾經因為不太會泡茶，而挨上司的罵。

『連茶都不會泡的傢伙，有辦法好好工作嗎？』

雖然我當時覺得泡茶和工作沒什麼關係，但這就是可憐上班族的宿命。

我當時只能跟著贊同，後來也因此變得比較會泡茶了，可惜我的技術依然完全比不上艾莉絲。

「不過，還是女孩子泡的茶比較好喝呢。」

「艾爾，你說的沒錯。」

雖然這只是感覺問題……但其實這也相當重要。

「其實偶爾也可以讓我來泡啦。」

「不需要。」

因為你也和那個「龍鬥團」的新人一樣，認為茶泡得愈濃愈好喝。

「艾爾先生，我也來幫忙泡茶吧。」

「好耶──遙小姐也很會泡茶呢。」

遙，掩護得太好了。

如果讓艾爾泡茶，瑪黛茶不自然的甜味和苦味會混在一起，茶點也會跟著變難吃。

「那麼，茶點是什麼？」

「是這個。」

卡琪雅從魔法袋裡拿出幾個拳頭大小的物體，我們對那些東西有印象。

「是馬洛薯啊。」

「鮑麥斯特伯爵大人，你也知道這個啊。這是我故鄉的特產。」

沒想到，卡琪雅居然是奧伊倫貝爾格騎士領地出身。

「這樣啊，那塊領地現在很辛苦……唔呃！」

因為艾爾太多嘴，薇爾瑪和卡特琳娜連忙摀住他的嘴巴。

「（為什麼？）」

「（隧道的事是祕密。這連小孩子也知道吧。）」

「（就算卡琪雅小姐是奧伊倫貝爾格騎士領地的領民，如果隨便洩漏祕密，會被陛下責備喔。）」

「（對不起……）」

如果卡琪雅將情報洩漏給其他貴族就麻煩了。

她的職業是獵龍，所以就算認識貴族也不奇怪。

「怎麼了嗎？」

「不，沒什麼。」

「卡琪雅小姐，其實以前有人送過馬洛薯給我們。」

此時，艾莉絲巧妙地將話題蒙混過去。

身為神官的艾莉絲，其實並不喜歡說謊，但作為貴族的正妻，這次只能說是無可奈何。

「鮑麥斯特伯爵大人非常有名，所以當然會有許多人想送你禮物。」

「這個馬洛薯又甜又好吃呢。」

「我的故鄉是個只有農地的鄉下地方，唯一值得驕傲的，就是這個特產。馬上來料理吧。」

卡琪雅接著從魔法袋裡拿出大鍋子，以及某種大片的葉子。

「哎呀，這是從魔之森摘來的樹葉吧。」

卡特琳娜首先察覺那種樹葉的來源，那應該是長在魔之森的香蕉樹的葉子。

「因為我是奧伊倫貝爾格騎士領地出身，所以從父母那裡學會了利用蒸煮的方式引出馬洛薯甜味的方法。」

卡琪雅先用水稍微清洗了一下馬洛薯，再用叉子於馬洛薯上刺了幾個洞。

接著，她用香蕉葉包住馬洛薯，放進鍋底鋪了樹枝的鍋子裡，蓋上蓋子。

生起小火加熱鍋子後，她偶爾會用叉子刺馬洛薯確認熟度。

「還真是正式呢。」

「是嗎？雖然用的樹葉不同，但在奧伊倫貝爾格騎士領地，大家都會像這樣蒸馬洛薯喔。」

「原來是地方特有的作法啊。」

伊娜表示佩服，但其實這和蒸出番薯甜味的方式很像。

如果想蒸出番薯的甜味，就必須用慢火蒸煮。所以才要生小火，用葉子包住，並在鍋底鋪上樹枝，避免馬洛薯直接碰到鍋底。

「威爾還是一樣知道許多奇怪的事情呢。」

「有什麼關係。」

難得有機會吃馬洛薯，當然是甜一點比較好。

「好了，差不多蒸好了。」

最後，卡琪雅用叉子確認熟度，確定馬洛薯已經可以吃了。

「我之前回老家時帶了很多出來，所以大家不要客氣，盡量吃吧。」

「這不是貴重品嗎？」

「在外面是這樣沒錯，但產地的人常吃。我離開家時，家人也塞給我很多。」

因為是自己家種的，所以當然能夠輕易取得。

「「「「「我開動了。」」」」」

我立刻享用剛蒸好的馬洛薯，味道比我們之前自己料理時還甜。

因為我也是直到看過卡琪雅的料理方法後，才想起蒸番薯的訣竅。

下次就用這種方法來蒸吧。

不對，等一下。

還是先趕緊製作專用的料理工具吧……

「親愛的，這個馬洛薯又甜又好吃呢。」

「不愧是產地出身的人。」

「這作法看起來不難，應該每個人都學得會吧？下次就這樣料理吧。」

「只是馬洛薯不太好買。」

艾莉絲說的沒錯，不曉得下次去奧伊倫貝爾格騎士領地時，他們願不願意賣給我們。

「畢竟我是奧伊倫貝爾格騎士領地出身的人。」

「妳的老家是馬洛薯農家嗎？」

「唉……差不多就是那樣。」

卡琪雅回答露易絲的問題時，似乎稍微遲疑了一下？是我的錯覺嗎？

「為了替明天做準備，吃完後就早點睡吧。」

「說得也是，畢竟明天要早起。」

雖然剛才的事讓我有點介意，但可以確定卡琪雅確實是奧伊倫貝爾格騎士領地出身的人。

吃完馬洛薯後，我們便早早就寢。

＊　＊　＊

「唔哇，真殘忍。」

「雖然可憐，但我們需要新鮮的血。這股血腥味，會吸引翼龍與飛龍過來。」

隔天，我們吃完簡單的早餐後，便前往「龍鬥團」成員設置網子的森林。

從這座森林能看見北方的利庫大山脈，他們打算引誘翼龍與飛龍來到這裡。

「這網子的線這麼細，沒問題嗎？」

那些網子被設在隔了一段距離的樹木之間、翼龍和飛龍可能通過的地點，伊娜用手指摸著網子提出疑問。

「伊娜小姐，還是別隨便碰那些網子比較好喔。姑且不論皮膚堅硬的龍，人類的肌膚可是會被輕易劃破。」

「是這樣嗎？」

在「龍鬥團」的年輕成員提醒下，伊娜連忙將手從網子上移開。

「之所以用細金屬線製作網子，是為了讓龍看不清楚。相對地，網眼的尺寸也因此變小了。」

「不會壞掉嗎？」

「對手是龍，所以還是會壞掉。我們有另外準備幾組備用的網子，用過後會再修理。」

那似乎是使用特殊合金做成的網子，修理費用應該很貴吧。

即使如此，只要龍被網子困住，就能安全地從遠距離用弓箭或標槍攻擊。

至於用來吸引翼龍和飛龍的誘餌，全都是昨天活捉的熊。

大小和以前被薇爾瑪一擊砍掉頭的熊差不多。

那些熊被倒吊在樹上，脖子和手腳的動脈全被切斷。

熊大吼著流出大量鮮血。

「味道真重。」

「是啊。」

露易絲和薇爾瑪都對血腥味非常敏感。

「翼龍和飛龍對血腥味又更加敏感。陷阱已經準備好了，所有人開始就定位吧。」

哥爾夫先生一聲令下，「龍鬥團」的成員就前往事先決定好的位置待命。

我們也移動到事先指定的地點。

「威爾，那些龍大概多久會來啊。」

「好像是十分鐘左右。」

我將從哥爾夫先生那裡聽來的情報告訴艾爾。

「聽了那些慘叫聲後，我真慶幸自己不是誘餌。」

「那些慘叫聲也是用來吸引翼龍，算是不得已的手段。」

雖然我也覺得全身被割傷流出大量鮮血，仍被迫活著的熊很可憐，但同時也覺得這是一種經過深思熟慮的狩獵方法。

「我覺得是種有效率的方法。」

同樣是狩獵專家的薇爾瑪，稱讚「龍鬥團」想出的戰法。

「是啊。」

雖然這種作法需要有能力指揮大批人手的優秀首領，以及大量的裝備與物資，每次行動完後也都得重新修理網子，但理論上就算沒有魔法師也能打倒龍。

所以這也是有其必要。

「即使如此，還是一樣危險呢。」

「這是當然。」

設置的網子如果壞掉，就會遭到出乎意料的反擊，如果只是有人受傷倒還好，但偶爾似乎也會出現死者。

即使如此，如果報酬是平分，就算是新人也能賺到遠勝一般冒險者的錢。

雖說翼龍和飛龍在龍當中算是比較下級的魔物，但這些人依然是賭上自己的性命，靠打倒龍賺錢。

「威爾，來了。」

「妳的『探測』還是一樣厲害。」

「因為這是我的專長啊。」

在我們聊天的時候，露易絲已經發現有龍朝這裡接近。

我也馬上就跟著發現了，從「探測」的反應來看，應該是三隻翼龍。

這對一般的冒險者來說是很大的威脅，但今天只能算是輕鬆的獵物。

「是被血腥味引誘來的吧。」

「誘餌還是新鮮一點比較好。」

「是啊。」

伊娜舉起投擲用的長槍，看著被活活倒吊起來、傷口不斷流出大量鮮血的熊如此說道。

雖然看起來是會被地球的動物保護團體抗議的光景，但在這個世界，這是能夠最有效率地將龍引入陷阱的手段。

從利庫大山脈滑翔到這座森林的翼龍，靈巧地飛過樹木間的縫隙，衝向被當成誘餌的熊。

然後，就這樣被設在樹木間的網子纏住。

「「嘰呀啊啊——！」」

有兩隻翼龍被網子纏住。

若是普通的網子，一定馬上就會破掉，但即使是龍，也無法輕易突破用特殊金屬編製而成的網子。

被網子纏住的翼龍，伴隨著憤怒與疼痛發出吼叫。

「就是現在！」

哥爾夫先生一聲令下，原本躲起來的「龍鬥團」成員，就一齊用箭和標槍對被網子纏住的翼龍發動攻擊。

大量的箭和標槍，接連刺進難以動彈的兩隻翼龍的身體。

「瞄準心臟！」

哥爾夫先生立刻下令給還在掙扎的翼龍致命的一擊。

其實頭部才是最有效的要害，但頭部標本賣給貴族與富人可以大賺一筆。

製作標本的工匠會高價收購頭部，哥爾夫先生是為了增加收益，才要部下瞄準心臟。

因為作戰成功，翼龍幾乎無法動彈，所以只要早點用箭或標槍刺穿心臟，就沒什麼危險。

「話雖如此……」

「不太容易呢。」

艾爾已經很久沒用弓箭，遙則是使用瑞穗製造的一種類似日本弓的弓，儘管兩人不斷放箭，但他們都不知道翼龍的心臟在哪裡。

即使能夠射穿翼龍的身體，還是很難命中心臟。

「遙也會使用弓箭啊。」

「雖然只會一些基礎，但加入拔刀隊後，也會接受其他武器的訓練。」

雖說是基礎，但遙射的每一箭都有確實命中翼龍，可見她的技術相當了得。

「（遙小姐拉弓的樣子真是帥氣……）好痛！威爾，你幹什麼啊？」

「快點射穿翼龍的心臟啦！」

艾爾偶爾會看著拉弓的遙傻笑，所以我從後面賞了他一拳。

「這個位置太差了。」

我們所在的位置確實不太好。

雖然還不算是死角，但依然很難瞄準翼龍的胸口。

「要我用魔法解決嗎？」

「威爾，你還是乖乖遵守哥爾夫先生的指示吧。」

「我知道了。」

根據哥爾夫先生的預測，接下來還會有許多翼龍與飛龍接連來到這裡，所以他禁止我、露易絲和卡特琳娜，對網子裡的龍出手。

我們只有在「龍鬥團」，或是擔任幫手的艾爾、遙、伊娜和薇爾瑪應付不來時，才能夠出手協助。

因為我們三人是最後的王牌。

至於艾莉絲，當然是負責使用治癒魔法，所以不會參加戰鬥。

「就是現在！」

此時，伊娜掌握了翼龍露出的微小破綻，順利用長槍刺穿了牠的心臟。

隨著伊娜的魔力增加，她丟出的長槍貫穿力也跟著提升，只要命中心臟就能一擊殺死翼龍。

「好耶！」

接著，「龍鬥團」的其中一名成員也順利殺死一隻翼龍，我們就這樣成功打倒了兩隻龍。

「太好了。」

「不過，威爾大人，還剩下一隻翼龍。」

說得也是。

從山上飛來了三隻翼龍，其中兩隻被網子纏住。

剩下的那一隻幸運飛過沒設網子的地點，逃過一劫。

「真遺憾。」

「即使牠再飛回來，也只會被威爾大人一擊打倒。」

「這麼說也沒錯。」

我們就是為了預防沒被網子纏住的翼龍或飛龍，在大家忙著應付被網子纏住的獵物時又飛回來，才會待在這裡。

「不過，應該不用擔心吧。」

薇爾瑪看向剩下的那隻翼龍逃跑的方向，重新舉起她的巨斧。

我的「探測」也有反應，看來那隻翼龍又飛回來了。

「快點卸下來！」

「龍鬥團」的成員正忙著將兩隻已經死掉的翼龍從網子上卸下來，看來總算輪到我出場了。

我為了能夠隨時使出魔法而擺出架勢。

「威爾大人，看來沒那個必要。」

「……是嗎？」

雖然一開始狩獵，卡琪雅就不見蹤影，但她似乎總算要開始工作了。

第三隻翼龍飛向正忙著將死掉的翼龍從網子上卸下來的「龍鬥團」成員，不過在與某個從上方落下的影子交會的瞬間，牠的頭就噴著紅色鮮血掉落在地，滾了幾十公尺後才停下。

看來是原本躲在樹上的卡琪雅高速跳到翼龍的脖子旁邊，用她的雙刀瞬間砍下翼龍的腦袋。

即使是龍，只要脖子的頸動脈被砍斷，還是會因為大量出血而死。

那隻翼龍就是陷入了這樣的狀態。

「好快。」

隱藏自己的氣息，躲在樹上等待獵物，再利用以魔法提升的下墜速度和銳利的雙刀，瞬間砍斷翼龍強壯的頸部。

一般的冒險者，根本辦不到這種事。

「明明用魔法提升了下墜的速度，居然還能安全地著地。」

既然能夠砍斷翼龍堅硬的脖子，表示速度應該相當快才對。

正常人應該會就這樣撞上地面，然後傷重而死。

她躲藏的樹木也是棵大樹，所以應該是從相當高的地方發動攻擊。

「威爾大人，等卡琪雅下次跳下來時，只要觀察一下地面就能明白了。」

「薇爾瑪看見了嗎？」

「露易絲應該也有看見。」

畢竟兩人的動態視力都很好。

看來我戰鬥方面的直覺，還是贏不過這兩個人。

「又來了！」

伊娜、「龍鬥團」和卡琪雅各解決了一隻翼龍，將屍體收進魔法袋後，又有翼龍被血腥味吸引過來……

「這次也有飛龍呢。」

「打倒的方法還是一樣。希望這次我們也有機會出場。」

「反正再過一會兒，就算再怎麼不願意也會變忙。」

雖然我們現在沒事做，但等大家累了以後，應該馬上就會開始變忙。

看來已經有許多棲息在附近的利庫大山脈的翼龍與飛龍，注意到這裡的血腥味了。

「所以我們才要擔任最後的王牌。」

「希望艾莉絲小姐沒機會出場。」

卡特琳娜祈禱不要出現需要讓艾莉絲用到治癒魔法的傷患。

話雖如此，不可能輕易就做到讓所有人都毫髮無傷。

「您還好吧？」

「嗯，我以為那隻龍已經死透了，所以才會一時大意。居然會被尾巴打到骨折，真是太丟臉了。」

將翼龍與飛龍趕到網子裡，再從遠距離用大量的箭與標槍，或是魔法給予致命一擊，「龍鬥團」的成員們接連用這種方法取得成果，但偶爾還是會出現必須讓艾莉絲治療的傷患。

「這次有優秀的治癒魔法師在，所以省了不少麻煩。真是太感謝了。」

「請別馬上用骨折的手臂使出全力。還必須花一點時間，才能恢復到變得跟以前一樣。」

「我會盡量不勉強自己。」

請艾莉絲幫忙治療的中年男子道完謝後，又回去狩獵龍。從此可以看出「龍鬥團」的成員雖然賺得多，但相對地風險也很高。

只要一不小心，就可能丟了性命。

即使如此，他們還是持續給卡在網子上的翼龍和飛龍致命一擊，將死掉的獵物從網子上卸下來，收進「龍鬥團」的魔法袋裡。

如果將那麼巨大的屍體留在網子裡，就無法再困住新的獵物，聰明的龍在看見同類的屍體後，也可能會逃跑，所以必須立刻裝進魔法袋。

「愈來愈熟練了。」

「是啊。」

艾爾和遙也逐漸習慣久未使用的弓箭，開始能夠順利地命中目標。

「雖然有聽說牠們變得活躍，但數量真的很多呢。」

伊娜也接連投出長槍，給卡在網子上的翼龍與飛龍最後一擊。

「我也好久沒用這個了。」

如果直接丟出巨斧，會弄壞網子，所以薇爾瑪也久違地拿出鐵弓，開始狙擊翼龍與飛龍。

「妳射得真準。和魔槍哪個比較好用？」
「各有優缺。」
「好像可以理解，又好像不太能理解……」
在帝國內亂時，瑞穗曾為了收集資料而將魔槍借給薇爾瑪使用，但薇爾瑪已經將試作品還給他們，改用鐵弓了。
「我這裡有。」
「箭用光了。」
雖然並未事先預料到這種狀況，但幸好我之前空閒時，有做一些備用。
「威爾大人好棒，最愛你了。」
我將備用的箭交給薇爾瑪後，她就直接用那些箭繼續狙擊翼龍與飛龍。
那些箭也都是用鐵做的，所以比普通的箭還要容易貫穿龍的皮膚。
「威爾大人，你看那裡。」
薇爾瑪停止射擊，指向某個地方，原來是卡琪雅再次爬回樹上，並砍下了一隻想逃到森林深處的飛龍的頭。
卡琪雅明明用魔法高速從高處跳下，卻不會受傷，我一開始還不曉得原因，但原來她是在快要撞上地面時，發動了有點類似「飛翔」的魔法。
「只是用來防止撞上地面，以及緩和落地時的衝擊啊……」

卡琪雅說過她只會施展用來提升速度的「身體強化」，所以應該不會使用能在空中自由飛行的「飛翔」。

她用的魔法只能產生一瞬間的浮力，防止身體用力撞上地面，性質上只是用來緩衝。

「因為基本戰術是埋伏，所以用魔法強化速度攻擊要害，再用類似『飛翔』的魔法調整姿勢和減少傷害啊。」

「真有效率。」

「是啊。」

卡琪雅與其說是「龍鬥團」的幫手，不如說是來撿漏網之魚，不過只要她有心，應該也能單獨狩獵翼龍與飛龍吧。

她賺的錢，應該遠比「龍鬥團」的成員多。

卡琪雅確實是個厲害的冒險者。

「冒險者的世界真大。」

薇爾瑪說得沒錯。

我都不知道還有這麼厲害的冒險者。

「鮑麥斯特伯爵大人，麻煩您了！」

「我知道了。露易絲、卡特琳娜！」

「總算輪到我們出場了。」

「真正的王牌要上場了。」

「妳是說威爾吧？」

「我好歹也和卡琪雅小姐一樣，是各位的前輩喔。」

充當誘餌的熊血，和這幾個小時裡打倒的翼龍與飛龍的血混在一起，產生更加強烈的血腥味，被這股味道吸引的翼龍與飛龍，接連從利庫大山脈飛來這裡。

平常的「龍鬥團」為了避免危險，不會在同一個地方逗留太久，但今天有我們在，所以能夠長時間狩獵。

不過他們似乎也已經到了極限，希望能換我們接手。

雖然艾莉絲能夠治療傷口，但治癒魔法無法消除疲勞。

所以還是需要休息。

「那麼，要盡量減少屍體的損傷，並讓頭部維持完整吧。」

我操縱「風刃」，攻擊想來吃我的飛龍。

飛龍一臉輕鬆地躲開了我放出的「風刃」，但這也在我的計算之中。

被躲開的「風刃」像迴力鏢般飛了回來，從後方的死角一擊砍下飛龍的頭。

失去頭顱的飛龍，從傷口噴出瀑布般的鮮血，墜落地面。

「那麼我也來。」

卡特琳娜也同樣用魔法一擊砍下翼龍的頭。既然如此，接下來就只好比誰獵到的數量比較多了。

「威德林先生，如果我贏了，你之後就要『單獨』和我一起去鮑爾柏格新開的咖啡廳喔。聽說那裡的裝潢非常時髦，所以深受女性歡迎。」

「該不會店裡都是女性吧？」

雖然作為輸掉的懲罰不算什麼，即使答應她也無所謂，但我很怕去只有女性客人的店。去那種地方，會讓我覺得非常尷尬。

「只要別輸不就行了嗎？」

「是這樣沒錯啦……」

這種考驗技術和控制能力的魔法比賽，對經驗豐富的卡特琳娜比較有利。

「既然如此，那我也要參加。」

「露易絲應該沒有勝算吧。」

露易絲只能近距離戰鬥，所以必須像卡琪雅那樣從樹上攻擊經過下方的翼龍。隱藏自己的氣息，宛如羽毛般輕盈地於龍的脖子後方著地，直接折斷龍的脖子，雖然這種方法讓「龍鬥團」的成員們大吃一驚，但效率還是比不上魔法。

再怎麼樣都無法比魔法快。

「說得也是！那就把我獵到的數量和卡特琳娜加在一起吧！」

「真狡猾……」

「這樣就變成三個人……不過好吧。」

露易絲和卡特琳娜沒問過我的意見，就決定一組了，從這一刻開始，我就已經沒有勝算了。感覺有點耍賴。

「鮑麥斯特伯爵大人，如果您外遇惹那位可愛的妻子生氣，脖子或許會被折斷喔。」

哥爾夫先生一聽見我們的對話，就開始嘲弄我。

不如說真虧他聽得見。

「哥爾夫先生，我的心胸才沒那麼狹窄。威爾本來就很受女性歡迎，如果每次都要嫉妒，根本就沒完沒了。」

「是啊。必須冷靜地判斷，再做出確實的處置。」

「鮑麥斯特伯爵大人。幸好您的妻子們都非常能幹呢。我收回前言，您應該沒辦法外遇吧。」

「……」

才沒有這回事。

只要我有那個意思……應該不可能吧……

「今天的狩獵到傍晚為止。天色變暗後，很容易撞上樹木，所以翼龍和飛龍都不會再受到血的引誘。」

應該是判斷以自己的體型，晚上在森林裡飛行會很危險吧。

「要努力狩獵囉。」

「露易絲小姐，絕對不能輸給威德林先生喔。」

「如果二對一還輸掉，會很丟臉呢。」

之後，艾爾他們與「龍鬥團」休息完後，又再次展開狩獵，短短一天就獵了許多翼龍和飛龍。

獵到的數量遠比當初預期的還要多，最後我們只花四天，比預定的期限還要早就達成了預定目標。

「不愧是主公大人，比其他地點還要早就狩獵到預定的數量。」

順利狩獵完翼龍和飛龍後，我們在鮑爾柏格新設立的冒險者公會分部旁邊的魔物解體場，和羅德里希對話。

負責其他地點的冒險者與隊伍，還沒狩獵到預定的數量，我們是最早將獵物帶來解體場的人。

「雖然我們也藉由強化隊伍和戰術，獵到了破記錄的數量，但果然還是贏不了高位魔法師。」

「哥爾夫大人，實際見識後，就知道有多驚人了吧？」

「難怪像羅德里希這樣的男人，會想在他的底下做事。」

被我用「瞬間移動」一起帶回來的哥爾夫先生也加入談話，和以前的部下羅德里希暢談了一番。

「鄙人大致計算了一下，但感覺最後的成果比預計的還要多了一點……」

「羅德里希真是敏銳。是因為那個女孩。」

哥爾夫先生看向以幫手的身分參加，正在跟冒險者公會的職員領取獵物報酬的卡琪雅。

有能力獨自狩獵龍的她，在這四天裡取得了相當豐厚的成果。

她開心地確認收到的金幣數量。

「喔，她的實力真是了得。」

羅德里希像是在審視卡琪雅的實力般觀察她。

「我們只有偶爾會和她合作，但她的實力就和你看見的一樣。」

「幸好比預定的還要早結束呢。」

「就算只拖延一天，增加的經費也不可小覷呢。」

如果狩獵的獵物數量不變，那當然是花愈少天愈省經費。

一兩個人或許沒什麼差，但「龍鬥團」是個大團體。

所以他們在計算這方面的經費時非常嚴格，畢竟如果不嚴格一點，「龍鬥團」或許會垮掉。

「明明你的外表看起來就像是專門在前線戰鬥的前衛。」

「以前是這樣沒錯。」

哥爾夫先生告訴露易絲，自己以前也曾在前線賭命戰鬥。

「就是因為年輕時血氣方剛，才會賠上一隻眼睛。獵龍集團的首領，必須擁有優秀的指揮能力和經營組織的能力才行。」

「還要擁有武力吧。」

「露易絲大人還真是清楚。」

獵龍雖然危險，但豐厚的報酬也充滿魅力，容易吸引人加入。

不過和其他冒險者隊伍的狀況一樣，來參加的人通常都是老江湖，隨時可能會犯罪的人，或是只想輕鬆分紅的人也很多。

這些不肖之徒也可能自己組成派閥，企圖奪取隊伍，所以偶爾也必須以武力驅除這種人。沒辦法做到這點的隊伍，最終一定會潰散。

如果不具備強悍的實力，就無法勝任首領的職位。

哥爾夫先生同時具備這些資質，所以「龍鬥團」才能成為在赫爾穆特王國赫赫有名的獵龍集團。

「你就算來當我的家臣，應該也能勝任愉快吧。」

「當貴族的家臣實在太拘束了，無法接受那種生活，是我唯一的缺點。我已經賺到足夠我退休後輕鬆過活的錢了。這種機會還是讓給後進吧。」

「您打算把首領的位子傳給令郎嗎？」

「不，我的兒子和女婿都從事完全不同的工作。」

面對艾莉絲的問題，哥爾夫先生毫不猶豫地回答不會讓自己的兒子或女婿繼承「龍鬥團」。

「你不打算讓兒子繼承嗎？」

「這就是我們和貴族與商人不同的地方。我的孩子都沒有這方面的才能。即使勉強讓他們繼承，也只會害他們不幸。」

獵龍是個高風險的職業。

如果哥爾夫先生的兒子缺乏這方面的才能，即使當上首領，也可能會突然害隊伍全滅。

「這是個完全靠實力的世界。如果是卡琪雅，或許能夠勝任喔？」

「我嗎？我沒辦法指揮那麼多人和處理財務啦。」

卡琪雅確認完自己的報酬後，也來到我們這裡。

哥爾夫先生問卡琪雅要不要繼承「龍鬥團」的首領之位，但立刻被拒絕了。

「我一個人比較輕鬆。」

「因為妳一個人就能狩獵龍啊。」

卡琪雅根本就不需要特別組隊。

所以她只有偶爾會幫忙支援，沒加入固定的隊伍。

只是卡琪雅很少拒絕別人的援助請求，因此人面非常廣。

「就算是我，也沒辦法打倒屬性龍。」

「笨蛋！那種東西，只有極少數像鮑麥斯特伯爵大人這樣的魔法師有能力打倒。」

「我想也是。雖然有聽過鮑麥斯特伯爵大人的戰績，但在得知他要親自參加狩獵時，我還在想他真有閒情逸致。不過實際看過後，才發現他的身手確實令人佩服。就算有一百個『龍鬥團』，應該也打不贏鮑麥斯特伯爵大人的隊伍吧。」

「妳還真敢說呢。」

看來卡琪雅對我們的評價相當高。

「雖然我都沒有在戰鬥。」

「對冒險者來說，能和艾莉絲這種等級的治癒魔法師一起狩獵，可說是一件非常幸運的事情。因為這樣就能大大降低死亡的機率。」

卡琪雅平常是一個人從事冒險者的工作，所以特別明白艾莉絲的可貴。

「認為不會戰鬥的艾莉絲沒用處的冒險者一定活不久，所以不用管他們。『龍鬥團』應該是沒有這種笨蛋。」

正因為卡琪雅是一個人在當冒險者，所以才更明白像治癒魔法師這種後方支援人員有多麼可貴。她果然是個優秀的冒險者。只是外表和語氣有點落差。

「那當然。尤其是這次，真的是太感謝了。真是羨慕鮑麥斯特伯爵大人。無論是在狩獵完後，還是待在家裡時，都能被這麼美麗的妻子治癒。我就算回家，也只有看了超過三十年的黃臉婆在等我。」

哥爾夫先生很羨慕我有像艾莉絲這樣的妻子，「龍鬥團」的其他成員也跟著一起點頭。

「可是啊，團長不是經常說很期待回家吃老婆煮的飯嗎？」

「我之前也有被招待過一次，團長的老婆廚藝真的很好呢。」

「雖然年齡這部分是無可奈何，但她以前不是個美女嗎？」

與此同時，也有數名成員跳出來替哥爾夫先生的妻子說好話。

「畢竟資歷比較老的成員，都受過她的照顧呢。」

「團長，你應該要好好稱讚人家才行吧。」

「囉唆！」

或許是覺得難為情，哥爾夫先生朝稱讚自己妻子的成員們怒吼，但他們也了解哥爾夫先生的個性，所以全都笑了。

「聽起來是位非常好的夫人呢。」

「這就是所謂的孽緣吧？即使我很少回家，她也從來不會抱怨。」

艾莉絲稱讚哥爾夫先生的妻子，後者似乎也不討厭這樣。

而且，像他這麼會賺錢的人，只有一個妻子算是非常稀奇。

既然刻意不說「一堆黃臉婆」，只說了「黃臉婆」，表示他應該只有一個妻子。

「這次賺了不少錢，還是替家人買點土產回去吧。」

「雖然從外表看不太出來，但哥爾夫先生對家人很溫柔呢。」

卡琪雅針對買土產的事情，調侃哥爾夫先生。

「別再講我了。卡琪雅才是差不多該定下來了吧。」

「我嗎？會這麼說，是因為我是個女人嗎？」

「妳也快二十歲了吧。女冒險者特別容易晚婚。而且實力愈強，愈有這樣的傾向。」

雖然完全看不出來，但卡琪雅居然比卡特琳娜大一歲，已經十九歲了。

而且她和大多數的女冒險者一樣單身，目前也沒有預定要交男朋友或結婚。

「我還很年輕啦……」

「如果一直說這種話，妳老家的父母或許會幫妳安排相親喔。」

「怎麼可能，就算安排了我也不會去。那麼，我先告辭了。」

卡琪雅向我們與「龍鬥團」的成員們告別，消失在鮑爾柏格的人群當中。

她接下來應該會回老家，奧伊倫貝爾格騎士領地吧？

「之後說不定會在那裡遇見卡琪雅喔。」

「有這個可能……」

隧道的事，是奧伊倫貝爾格騎士爵家的問題。

其實這件事也牽扯到所有的領民，但這個世界不是民主主義，所以只能交由身為領主的奧伊倫貝爾格卿發落。

與其說是與身為領民之女的卡琪雅無關，不如說是沒有她插嘴的餘地。

「即使卡琪雅是個優秀的冒險者，如果她干涉隧道的事情，就等於是對領主不敬。」

「在那之前，根本就不會有人告知她詳情吧。」

伊娜和露易絲說的沒錯，領民們都不知道隧道的事情。

雖然隧道已經開通，但因為有湯瑪斯和警衛在那裡駐守，領民們根本不會靠近那裡。

該說是他們對公權力非常順從、單純不想惹事，還是覺得農務比較重要呢？

「威爾，我們回家吧。」

「說得也是。畢竟陛下隨時都有可能聯絡我們。」

儘管比預定提早一天完成了驅逐翼龍與飛龍的工作，但我們隨時都可能收到和隧道有關的命令。再加上我們都累積了不少疲勞，還是早點回去休息好了。

「那麼，我們先告辭了。」

「這次真是幫了大忙。不愧是屠龍英雄。我打算再消磨一段時間……對了，羅德里希，要不要久違地一起喝一杯。」

「好啊。」

「剛好有不錯的話題能夠配酒呢。我一直很在意那個以前在『龍鬥團』裡幫忙的流浪者，到底是怎麼當上鮑麥斯特伯爵家的家宰呢。」

羅德里希和哥爾夫先生，約定晚上一起喝酒。

從平常總是很忙的羅德里希居然願意特地空出時間來看，他以前應該受到哥爾夫先生不少照顧。

「威德林先生，繼續留在這裡打擾他們兩人也不太好，不如先回家吧？」

「威爾大人，我肚子餓了。」

「薇爾瑪小姐的肚子好像從來沒飽過。」

「卡特琳娜也好像總是在減肥。」

「才沒這回事。」

卡特琳娜全力反駁薇爾瑪。

「希望今天能吃頓像樣的晚餐。」

「是啊。多米妮克她們一定會鼓起幹勁，叫廚師們替我們準備豐盛的大餐。」

「聽起來真棒。還有，今天總算能在床上睡了。」

雖然已經習慣露宿，但還是在床上睡會比較舒服。

「你今晚要和亞美莉小姐一起睡嗎？」

「……怎麼可能。我當然是以妻子們為優先。」

可惡的伊娜，居然問這麼難回答的問題。

不過，這讓我想起亞美莉大嫂這段期間確實都待在家裡。

「開玩笑的啦。泰蕾絲這幾天應該也很無聊，找她一起來吃晚餐吧？」

與羅德里希道別後，我們在回家的路上，開心地聊天。

大約過了三天後，我們收到負責其他地點的冒險者們，也都完成了討伐翼龍與飛龍的任務的聯絡。這麼一來，牠們襲擊鮑麥斯特伯爵領地領民的風險就大幅降低了。

我也順利完成了身為領主的義務……

「結果，奧伊倫貝爾格騎士領地的問題還是完全沒有解決。」

「那件事已經超出了我的能力範圍。」

保險起見，我向露易絲說明現在的我對那些事情根本無能為力。

第四話　真希望現充明天就被隕石砸死

「厄尼斯特，狀況如何？」

「非常順利。沒有任何多餘的妨礙，真是太棒了。」

「因為根本就無從妨礙啊。」

討伐完棲息在利庫大山脈、最近活動開始變得活躍的翼龍與飛龍後的隔天，我們帶著食物與點心，去慰勞對隧道進行學術調查的厄尼斯特與他的助手們，但他還是一樣我行我素。

即使我們一直在煩惱要如何管理隧道，他也只覺得這段期間隧道裡非常平靜，可以盡情調查。

「來，請用。」

「居然煩勞夫人親自動手，真是太榮幸了！」

艾莉絲開始替助手們泡茶，但他們全都是鮑麥斯特伯爵家家臣的子弟，所以非常緊張。

畢竟是主人的妻子，所以這也是無可奈何。

「請用。」

「真是太不敢當了。」

「夫人，吾輩的茶不要太燙。」

身為沒常識的學者，厄尼斯特絲毫不在意這方面的事，從容不迫地對艾莉絲泡的茶提出瑣碎的要求。

「不要太燙對吧。請用。」

「這樣的溫度正好。」

「那真是太好了。」

艾莉絲也不是那種會將厄尼斯特的無禮放在心上的女性，再加上過去已經幫他泡過好幾次茶，早就記住了他的喜好。

她快速泡了一杯溫茶。

「吾輩稍微思考了一下……」

「你該不會頓悟了吧？」

「在吾輩調查古人們建造的隧道，想像隧道經歷過的悠久歷史時，人類的子孫卻在一旁醜陋地爭奪隧道的所有權。如果說人類本來就是如此，那就沒什麼好說了。」

「吵死了。」

厄尼斯特突然開始說些莫名其妙的話。

「魔族也沒資格說人類怎樣吧？」

「這麼說來，確實是沒有。」

我本來就不想要奧伊倫貝爾格騎士領地這邊的權利。

不管是布雷希洛德藩侯家還是奧伊倫貝爾格騎士爵家都好，我只希望快點決定好負責人，讓隧道開通。

「所以說，現在什麼事都還沒有決定。在做出決定前，隨你想怎麼調查都行。」

「這樣對吾輩來說正好。真希望你們能就這樣永遠吵下去。」

「你這傢伙……」

和厄尼斯特說話實在太累了。

因為他不僅難以捉摸，有時候還會話中帶刺。

「那麼，我和艾莉絲就先回奧伊倫貝爾格騎士領地了。」

「吾輩知道了。夫人，希望妳下次能改帶瑞穗茶過來。順便把茶點也換成瑞穗的點心。」

「好的，我知道了。」

厄尼斯特還是一樣我行我素，甚至對下次的慰勞品提出瑣碎的要求，但艾莉絲依然笑著答應了。

「艾莉絲，那傢伙太任性了，妳可以拒絕他沒關係。」

「這點程度的要求，應該不算什麼吧？」

如果只要提供瑞穗的茶和點心，他就不會逃跑，那確實是滿划算的。

雖然艾莉絲應該單純只是人太溫柔……

「威爾，狀況怎麼樣？」

「那傢伙還是一樣我行我素。」

「那個魔族的個性應該沒那麼容易改變吧。」

我一回答，艾爾就露出能夠理解的表情。

過了一會兒，我和艾莉絲從奧伊倫貝爾格騎士領地那邊的出口走到外面，發現艾爾他們正在料理從奧伊倫貝爾格騎士領地的領民們那裡買到的馬洛薯。

在討伐翼龍與飛龍前，我們就已經跟鮑爾柏格的魔法道具工匠訂了烤番薯機，艾爾正在觀察裝置的狀況。

因為隧道裡到處都有由湯瑪斯指揮的士兵，所以他不需要擔任我們的護衛。

比起這個，現在還是烤番薯的狀況比較重要。

「呃，我覺得這樣想也不太好……」

「不過啊，艾爾。這主要是來自女性成員們的要求喔。」

要是番薯沒烤熟或烤焦了，那可就不有趣了。

艾莉絲她們和遙打算用馬洛薯製作點心，所以艾爾才會負責監視烤番薯的狀況。

「關鍵的陛下，有傳來什麼消息嗎？」

「誰知道？」

「這樣講不太好吧……」

能夠下決定的大人物們，似乎還沒討論出結論，甚至沒有傳來任何聯絡。

因此我們也無從下手，某方面來說，我們會這麼認真研究如何料理馬洛薯，也是無可奈何的事情。

我真的也很無奈，絕對不是我個人想這麼做。

如果馬洛薯的料理方法有所進步，因為馬洛薯而變幸福的人也會增加。

這才是大貴族應該立下的功勞。

「畢竟我們也不能擅自做決定啊。」

我還沒擺脫上班族的習性，所以習慣等待上層的指示。

自己做決定，意外地有壓力。

有時候還是讓別人替自己做決定比較好。

而且，奧伊倫貝爾格騎士領地這邊的隧道，本來就不屬於我們。

「艾爾敢對陛下或布雷希洛德藩侯有意見嗎？」

「怎麼可能！」

「所以我們只能在這裡待命，但還是必須有效地運用時間。」

「真是個方便的藉口呢。」

「艾爾先生，我用馬洛薯做了羊羹。請你先試吃一口。」

「好耶——！看起來很好吃呢，威爾。我們快點來吃吧。」

明明一開始還在抱怨，結果遙一拿親手做的點心過來，艾爾就開心地找我一起試吃。

這傢伙真是有夠自私。

「哎呀，反正艾莉絲她們也在用馬洛薯試做點心。」

遙用馬洛薯做了羊羹，該說真不愧是瑞穗人嗎？

日本也有番薯羊羹，這算是那個的馬洛薯版。

艾莉絲她們也各自在用馬洛薯試做料理。

除了烤番薯機以外，請鮑爾柏格的工匠做的野外專用調理器具的狀況似乎也不錯。

「親愛的，做好囉。」

「那麼，就當作是今天的點心，大家一起來試吃吧。」

我立刻從魔法袋裡拿出桌椅，享受這段下午茶時光。

雖然奧伊倫貝爾格騎士領地的領民們偶爾會看向這裡，但貴族本來就經常被人關注。

即使是在野外，還是要優雅地享用茶和點心。

「艾莉絲是做馬洛薯蛋糕啊。」

「是的，我想盡可能發揮馬洛薯的甜味。」

在麵團和奶油裡也加了馬洛薯啊。

吃起來不會太甜，味道和蒙布朗很像。

「和茶很搭，非常好吃呢。」

「您喜歡真是太好了。」

我一稱讚蛋糕的味道，艾莉絲就笑容滿面地如此回答。

「接下來輪到我。」

伊娜用馬洛薯做了布丁。

「馬洛薯本身鮮豔的黃色，真是讓人食指大動。」

實際吃過後，我發現這也非常好吃。

「我做的是餅乾。」

露易絲將馬洛薯揉進麵團裡，做成了餅乾。

「原來如此，因為是用馬洛薯做的餅乾，所以即使是餅乾，口感依然柔軟有彈性，真不錯呢。」

布丁和餅乾都很好吃，艾爾也吃得津津有味。

「我是這個。」

「喔喔！是地瓜燒啊。」

這個世界也有番薯，所以也有地瓜燒。

薇爾瑪用馬洛薯做了地瓜燒，她明明最近才開始跟艾莉絲學做點心，成品看起來卻非常美味。

「威爾大人，請用。」

「這也很好吃呢。」

今天有很多道甜點，所以薇爾瑪做地瓜燒時，特地沒加砂糖和鮮奶油。

因為味道非常清爽，即使剛吃過幾道甜點，還是會覺得很好吃。

「我烤了派喔。」

「真是正式。」

「這是帝國名產，蘋果派的馬洛薯版本。也可以說是番薯派的馬洛薯版。」

在這個世界，蘋果算是北方的水果，所以通常只能從帝國進口。

所以卡特琳娜用馬洛薯，做了類似蘋果派的點心。

「（她外表看起來明明就不擅長料理……）」

艾爾小聲嘀咕。

雖然卡特琳娜給人的第一印象確實是如此，但我知道她為了復興家門，一直過著節儉的生活，所以大部分的事情都是自己做。

只是她覺得貴族應該不用做料理，所以很少讓外人看見這一面。

「加在派裡的馬洛薯鬆軟又好吃。這也是道優秀的甜點呢。」

「是啊，感覺王都的甜點師會想模仿呢。」

艾莉絲也稱讚卡特琳娜做的派。

「只是稍微修改了一下現有的甜點而已。」

講是這樣講，卡特琳娜看起來並不討厭被大家稱讚。

「最後是遙做的馬洛薯羊羹……」

「我還另外做了甜薯泥喔。」

全都是經典的日式點心呢。

雖然在這個世界應該是叫瑞穗風格，因為遙也幫我們泡了瑞穗茶，讓我得以享受日式風格的下午茶時光。

「不愧是遙小姐，我要再來一份。」

「好的，請用。」

明明剛才已經吃了許多東西，艾爾卻要求再來一份羊羹和甜薯泥。

只要是遙做的料理，再多他都吃得下嗎？

我們就這樣享用了許多馬洛薯甜點……

「雖然餅乾和布丁也很好吃……」

「雖然艾莉絲做的蛋糕也很好吃……」

「雖然遙做的甜薯泥和羊羹也很好吃……」

「但這些都還是比不過……」

「單純的烤馬洛薯呢……」

「如果食材本身就很優秀，有時候比起大費周章地調理，不如直接用簡單的調理方法突顯素材本身的味道比較好吃呢。」

「我好像聽見了真理。」

吃完點心後，我們覺得每一道都很美味，但最後還是認為最好的調理方法，就是用烤番薯機烤馬洛薯。

我也贊同這個意見。

雖然布丁、蛋糕、甜薯泥和羊羹，也都非常美味。

「那麼，第一名就決定是烤馬洛薯了。」

「「「「贊成！」」」」

就這樣，在獲得眾多女性成員的贊同後，我們終於選出了最美味的馬洛薯甜點。

「不如說，我們唯一進步的就只有調理馬洛薯的方法。」

「光是有進步，就已經算很好了。」

艾爾與其說是在抱怨，不如說是覺得不滿，但我認為這是很重要的事情。

「不，以貴族來說不太好吧？」

「人類不吃東西就無法活下去吧！隧道的所有權頂多維持個幾十年或幾百年，但最棒的料理方法，會在人們的記憶裡保留幾千，甚至幾萬年，形成文化的一部分啊。」

我覺得自己說了很棒的話，開始佩服起自己的發言。

或許這會變成鮑麥斯特伯爵語錄的內容，就這樣流傳後世也不一定。

「真要說起來，那本來就跟我們沒關係。」

反正又不是我的領地，讓相關人士自己決定就行了。
「你這樣講，一切就都不用提了，不曉得狀況有沒有什麼進展？」
「不，完全沒有。」
「……咦？布蘭塔克先生？」
「嗨。」
此時，布蘭塔克先生突然現身。
我沒想到他居然會不依靠我的「瞬間移動」，自己來到奧伊倫貝爾格騎士領地。
「不如說，事情可能會變得更加麻煩。」
「變得更麻煩？」
「嗯。伊娜姑娘，妳看這個。」
布蘭塔克先生雙手捧著大量像小冊子的東西，那似乎是相親的照片。
「布蘭塔克先生，你還想再娶更多老婆啊？」
「不是我。是法伊特·法蘭克·馮·奧伊倫貝爾格大人。」
「已經進展到這個地步啦……」
「是啊。」
「威爾，這是怎麼回事？」
「這個嘛……」

就連我也能猜得出原因。

簡單來講，就是和奧伊倫貝爾格騎士領地有關的情報不知為何外洩，所以開始有些貴族想利用自己的女兒或妹妹，和法伊特先生進行政治聯姻。

「是誰洩漏的啊？」

「這種情報不知為何，就是一定會洩漏出去。可能所有人都是犯人，也可能不是這樣。」

「這種事情，隨便怎樣都好啦……」

這些相親照片，是給奧伊倫貝爾格家的東西。

所以我們無權決定該怎麼處理。

總而言之，先去奧伊倫貝爾格家吧。

我們一抵達目的地，布蘭塔克先生就向奧伊倫貝爾格卿表明自己是布雷希洛德藩侯派來的使者，將整疊相親照片交給他。

我大致估計了一下，應該有三十張以上吧。

「那個……鮑麥斯特伯爵大人？」

「是的。」

「該怎麼辦才好？」

「就算你這麼問……」

我也無法下決定。

這些人是想找奧伊倫貝爾格家相親，所以決定權是在奧伊倫貝爾格卿的手上。

布蘭塔克先生一看見他懦弱的表情，就將臉轉向我們嘆了口氣。

「（伯爵大人，這個老先生沒問題吧？）」

「（我無法保證。）」

「只要參考奧伊倫貝爾格家當家過去的婚姻狀況，應該就能決定要不要接受了吧？」

艾莉絲提出極為合理的意見，但奧伊倫貝爾格卿依然一臉不安。

「奧伊倫貝爾格家，是布雷希洛德藩侯家的附庸吧？」

「是的。」

「（明明是這樣，布雷希洛德藩侯卻好像不太認識他們……）」

即使同樣地處偏遠，布雷希洛德藩侯對鮑麥斯特騎士爵家的印象還比較深刻一點。

畢竟上一代不僅害他得繼續派出商隊，還要幫忙承擔負債，所以當然不可能忘記。

鮑麥斯特騎士爵家曾是被害者，但後來也給人添了許多麻煩，所以當然讓布雷希洛德藩侯印象深刻。

可以說是在負面意義上引人注意。

「（如果不是因為這次的事情，我家老爺也不會注意到奧伊倫貝爾格騎士領地吧。）」

位於利庫大山脈旁邊，人口只有約三百人的小貴族領地，住在這裡的人根本就沒機會給人添麻煩，或是被人添麻煩。

他們真的只是每天過著安穩又平凡的農務生活，再加上布雷希洛德藩侯平常十分忙碌，不如說是因為不用費工夫照顧，所以才對他們沒有印象。

「但畢竟是貴族家，所以還是有洽談過婚事吧？」

「這個……其實我們至今從未與其他貴族家聯姻過。」

「咦——！怎麼可能會有這種事情？」

就算是以前的鮑麥斯特騎士爵家，也一樣會煩惱迎娶的事情，沒想到奧伊倫貝爾格家居然沒做過這種事。

這讓我有點驚訝。

「那你們都是怎麼娶妻？」

「知道奧伊倫貝爾格家的貴族家並不多，我們平常也忙著務農，沒空去拜託別人介紹，所以都是娶附近城鎮的商人之女，或是領地內的名主之女。」

「這樣就解決啦……」

「也沒有人指責過我們……」

奧伊倫貝爾格家的狀況完全超出貴族的常識，讓伊娜和露易絲驚訝不已。

一般而言，如果繼承人沒有迎娶貴族家的女兒當正妻，應該會釀成問題，但因為沒有貴族知道奧伊倫貝爾格騎士領地的存在，所以根本沒人注意到這個問題。

「（簡直就是隱形貴族……）」

雖然某位王太子殿下，也給人這種感覺……

「威爾大人，應該先問法伊特大人有沒有未婚妻。」

「說得也是。」

「事情就是這樣，有那樣的人選嗎？」

在薇爾瑪的提醒下，我試著詢問法伊特先生是否有未婚妻。

「有喔。」

「有啊……」

法伊特先生已經超過二十歲，就算有未婚妻也很正常。

「是的！是一位從小一起長大的領地內名主的女兒……」

「法伊特大人！」

此時，一名看似就是那名未婚妻的少女衝了進來。

年齡大概是十六歲吧。

雖然從服裝來看應該是平民，但長得還滿可愛的。

「這不是瑪莉塔嗎？怎麼了嗎？」

「那個……我聽爸爸說，法伊特大人要和其他貴族的千金相親。」

「不，這件事還沒有確定……」

「就算是這樣，也無法輕易拒絕吧……我會乾脆地退出。」

這位叫瑪莉塔的少女，表示自己不會嫁給法伊特。

雖然是不是真的有必要退出，取決於之後成為法伊特正妻的貴族千金，但一般而言，非貴族出身的瑪莉塔不可能成為法伊特的正妻。

為了避免未來生的孩子們的繼承順位出現爭議，通常要等正妻生下孩子後，才能迎娶側室。

「瑪莉塔，我們不是從小就約好，在結婚後要一起治理奧伊倫貝爾格騎士領地，過著簡樸的生活嗎？」

「可是……」

「瑪莉塔，妳忘記那時候的事了嗎？」

「不。法伊特大人在我四歲時向我求婚的事情，我至今仍記得一清二楚。」

「既然如此！」

「就算是這樣……」

「奧伊倫貝爾格騎士領地，不需要其他貴族的女兒！我只想和瑪莉塔結婚！」

「法伊特大人！」

兩人講完一段愛情劇般的對話後，便當場緊緊抱住對方。

布蘭塔克先生露出像在說「這種理由不會被接受吧？」的表情，艾爾似乎也持相同意見。

不過艾莉絲她們不知為何，像是「看見了好東西」一般感動不已。

這部分或許就是男女之間的差異。

尤其是伊娜，似乎非常喜歡這種戀愛故事。

「法伊特先生，即使繼續按照奧伊倫貝爾格騎士領地過去的慣例進行也沒關係。」

「咦？」

令人意外的是，在這種時候通常會搬出貴族常識的艾莉絲，居然表態支持兩人。

看來在近距離目睹過青梅竹馬間的純愛後，她決定優先遵從自己的感情。

「對啊！把全部的相親都拒絕掉吧。」

「根本就不需要理會那些在知道隧道的事後，才突然想安排相親的貪心貴族！」

「找布雷希洛德藩侯大人幫忙傳話，實在太卑鄙了。這時候應該要戰鬥到底。」

「沒錯！決定權終究是在法伊特先生手上。你身為男人的度量，正面臨了考驗！」

「在瑞穗，也有發生過當事人靠毅力扭轉了政治聯姻安排的例子！請你加油！」

「各位──請冷靜一點──」

艾爾試著安撫擅自激動起來的艾莉絲等人，但沒什麼效果。

他沒想到連個性認真的艾莉絲、伊娜和遙都支持兩人，所以一時想不出有什麼話能夠說服女性成員們。

我也沒料到女性成員們居然全都大力贊成法伊特先生和瑪莉塔結婚，所以也驚訝到合不攏嘴。

「威爾，你去阻止她們啦。你是她們的丈夫吧。」

「說得也是，這時候應該要表現出堅決的態度。」

「喔！難得看你跟妻子們唱反調呢！」

「艾爾，我可是鮑麥斯特伯爵啊。」

真是的，居然連身為大貴族千金的艾莉絲都受到感情的影響。

身為鮑麥斯特伯爵，我得將眼前這位不守貴族規矩的奧伊倫貝爾格家繼承人導向正道才行。

我本來已經下定決心，卻遭到出乎意料的反擊。

「威爾這個魔鬼！」

露易絲，妳這樣講就太過分了。我平常是個溫柔的丈夫吧。

「露易絲，隨妳想怎麼罵都行。」

平常總是自以為了不起地，跟人說按照貴族的常識與道理該怎麼做的貴族們啊。

今天就讓我來跟奧伊倫貝爾格家的長男，講述貴族之道吧。

「法伊特大人，你聽我說喔？」

「鮑麥斯特伯爵大人。」

法伊特先生似乎已經做好覺悟，瑪莉塔則是躲在他的背後與我對峙。

從那道已經決定要守護某樣事物的眼神裡，透露出即使對手是我，也絕對不會退縮的決心。

雖然明顯是對方比較帥氣，但身為大貴族，我偶爾也得扮演壞人或討人厭的角色。

我絕對不是在嫉妒法伊特先生像個現充。

「法伊特大人，你聽我說喔？」
「請說。」
「對貴族來說，再也沒什麼比自由戀愛更任性的事情了。」
「可是，並不是絕對不行吧。」
「沒錯。不過，考慮到奧伊倫貝爾格騎士領地目前的狀況，幾乎可以說是不可能。」
既然無法獨自管理隧道，就算對象是貪心貴族的女兒也只能坦率接納，以取得妻子老家的協助。
「不。我不會選擇那種道路！」
「那你打算怎麼辦？」
「我要與瑪莉塔結為夫妻，只要能夠種植馬洛薯就行了！請幫我們準備替代的領地，我們會在那裡生活。」
「法伊特大人。山坡上的田地土壤好不容易才培育完成。不可以為了我捨棄那些成果。」
瑪莉塔的覺悟值得尊敬，但已經開墾好的那些田地之後應該會消失。因為等隧道開通後，就必須動工破壞那些田地。
……但我根本沒機會說出這些話。
「瑪莉塔，土壤只要再花十年就能培育。雖然可能會有些領民不願意跟我們一起搬家，生活也會過得比現在貧困，但妳願意跟我一起走嗎？」
「……我很樂意。」

「謝謝妳，瑪莉塔。」

「法伊特大人，我也覺得很幸福。」

法伊特先生和瑪莉塔互相擁抱，艾莉絲她們毫不吝惜地給予兩人掌聲。

仔細一看，連布蘭塔克先生都在不知不覺間投靠到艾莉絲她們那邊，若無其事地跟著一起拍手。

這個可惡的大叔，應該是看情勢不對，所以就背叛了。

「法伊特先生的覺悟讓我非常感動。我也會盡全力說服我家主公。」

「艾爾——！」

然後，不敢反抗遙的艾爾也立刻背叛我，反過來打算說服我。

你就這麼怕老婆嗎？

一開始的態度都到哪兒去了！

這樣我簡直就像是個壞人！

喔，壞人啊……

看來關於這件事，已經確定不會有人站在我這邊，但我可是從小就習慣孤獨的男人。

身為鮑麥斯特伯爵，我不能扭曲自己的立場。

「親愛的，我覺得偶爾不遵守貴族的習慣也沒關係。」

艾莉絲似乎以為只要用「偶爾」這種曖昧的理由就能蒙混過去……

「是啊，他們兩個實在太可憐了。」

就連伊娜都變得感情用事……

「威爾真是無情！」

「威爾大人太過分了！」

露易絲和薇爾瑪也都單方面地指責我。

「鮑麥斯特伯爵的影響力與名聲，不就是為了這種時候存在嗎！」

「就是啊！平定內亂的功績，讓主公大人變得非常有影響力，就用您的力量讓其他人閉嘴吧。」

連卡特琳娜和遙也這樣。

看來我已經與所有女性成員為敵了。

「伯爵大人，這時候還是先順應情勢。」

「布蘭塔克先生，臨陣倒戈未免太狡猾了吧……」

「我一直都是站在女性這邊。」

布蘭塔克先生吹著口哨，將視線從我身上移開。

「主公大人，你到底有什麼不滿？」

艾爾的話，突然銳利地刺進我的內心深處。

沒錯，遵守貴族的習慣只是藉口。

還有其他事情讓我更加不爽。

「年幼的青梅竹馬……」

「咦？威爾？你說什麼？」

「而且還從小就約定結婚，這種令人羨慕的傢伙應該接受制裁！」

我說出自己內心的想法。

從小就與青梅竹馬的異性約定結婚，應該是只會出現在故事或電影裡的設定。這種只能用現充形容的狀況，讓我憤怒不已。

「我可是！」

我以威德林身分度過的童年，可是完全孤獨一人，連一個朋友都沒有。

雖然我還有前世，但不管再怎麼回想，我都沒有女性的青梅竹馬。

只有與男性朋友的回憶。

那些回憶裡，也沒有任何可愛的女孩子！

「氣死我了——！不只是馬洛薯，就連對青梅竹馬的研究都非常完美！可惡啊！我可是！我可是！」

這股從內心深處湧出，無處宣洩的憤怒到底是什麼？

我覺得無論如何，都必須阻止這對情侶的婚事。

沒錯，必須「給予現充考驗」。

「不好意思，我家主公偶爾會像這樣莫名其妙地發作。」

「請別在意。他平常很正常，但偶爾會變得奇怪。」

我發自內心的靈魂吶喊，被艾爾和布蘭塔克先生講得一文不值。

「布蘭塔克先生，快點把那些相親照片交給他！」

「我家老爺只是叫我姑且帶來，最後還是要尊重法伊特先生的意思，所以就算誰都不選也沒關係。」

「法伊特大人，說不定有很漂亮的女孩子喔。」

「威爾，這時候說這種話不太妥當吧。」

不過，我的強硬推銷最後被艾爾和布蘭塔克先生阻止，我也逐漸變得只能支持兩人結婚。

第五話　本來以為事情總算解決了，沒想到……

「結果結論還是這樣啊……」

按照奧伊倫貝爾格家的要求，管理隧道的工作之後將轉交給其他貴族家負責。

基於地理因素，之後將由布雷希洛德藩侯家負責管理。

如果將這裡劃為王國直轄地，會傳出王家與布雷希洛德藩侯家對立的謠言，所以作為妥協，警備與管理所需的人才，將平均地由王國、鮑麥斯特伯爵家和布雷希洛德藩侯家一起提供。

此外應該還會附帶一個條件，那就是王國警備隊的經費將由鮑麥斯特伯爵家和布雷希洛德藩侯家一起分擔。

這些都是非常俗氣的政治話題，難怪奧伊倫貝爾格家的人不想參與。

他們連和其他貴族都很少見面，根本不可能有辦法和王家與布雷希洛德藩侯家進行政治交涉。

做為代價，布雷希洛德藩侯家必須替奧伊倫貝爾格家準備能夠種植馬洛薯的替代領地。

不僅需要準備條件比現在好的廣闊田地，還必須提供資金援助。

除此之外，還必須派人對那些想和法伊特先生聯姻的貴族們說明狀況。

不管再怎麼支援，奧伊倫貝爾格家的人都不可能完成這些工作。要是他們被那些老江湖的貴族操弄，立下奇怪的約定就不妙了。到最後，還是只能請布雷希洛德藩侯幫忙解決。

「雖然我早就有預感會是這樣……」

「只要撐過去，就能獲得龐大的利益。」

「真羨慕鮑麥斯特伯爵，只要全部交給羅德里希處理就好……」

鮑麥斯特伯爵家是新興的貴族家，年僅十七歲的我，能否勝任領主的職位還是未知數。所以羅德里希會自己積極地幫我處理事務，非常輕鬆。

「說不定我將來會被當成傀儡喔？」

「將鮑麥斯特伯爵當成傀儡？不可能吧。」

「因為我是不太處理貴族工作的沒用領主啊。」

「不，這樣說就不對了。」

布雷希洛德藩侯乾脆地否定我的發言。

「根據我聽到的消息，鮑麥斯特伯爵在內亂時，也曾以參謀的身分處理各項事務吧？你的頭腦遠比一般的貴族好，只是能力偏向冒險者和魔法師的工作而已。你不僅從未輸過，還立下莫大的戰功，除非是特別誇張的笨蛋，否則應該不會想將你當成傀儡吧。而且羅德里希先生是個極為能幹的人，在人格方面也值得信任。」

看來布雷希洛德藩侯，對我和羅德里希有很高的評價。

其實我的頭腦並沒有特別好，是現代日本的教育和上班族的經驗幫了我一把。

一想到這裡，我再次體認到現代日本的教育水準真的很高。

「就是啊。所以我才樂得輕鬆。」

「那樣真的算輕鬆嗎？我倒是比較不希望差點死在巨大的地下遺跡裡、對一萬名軍隊施展魔法、解放赫爾塔尼亞溪谷，或是在內亂中被當成主要戰力……」

重新聽別人這麼一說，我發現我們過去真的做了不少事。

「重點是分工合作吧。只要鮑麥斯特伯爵做出各種引人注目的舉動，最後就能為鮑麥斯特伯爵家帶來更多利益與特權。然後，羅德里希先生再巧妙運用這些資源發展領地。只不過……」

「只不過怎樣？」

「這種作法，也只有在第一代時行得通。」

我的孩子不一定會是魔法師，像羅德里希那樣獨攬大權的家宰，未來可能會釀成災禍。

從下一個世代開始，在各方面都必須改變作法。

「以羅德里希先生的個性，一定會對艾莉絲小姐生下的繼承人施以嚴格的教育吧。再來就是將自己的工作分派給年輕的家臣們，指定他們擔任自己的後繼，對他們各自施以教育。這麼一來，從下一個世代開始，就是由鮑麥斯特伯爵的繼承人指揮家臣團治理領地了。」

「建構一個能夠長久維持的統治系統嗎？」

「雖然領主擁有很大的權限，但領主一個人什麼都做不了。哎呀，好像有點離題了。關於轉讓隧道權利的事情，我也稍微思考過了，總之我需要取得『我是基於奧伊倫貝爾格家的請求才會這麼做』的證明。」

奧伊倫貝爾格家必須公開表示「是我們家無力管理！所以才會拜託布雷希洛德藩侯家」。

如果沒這麼做，其他貴族一定會不斷抨擊布雷希洛德藩侯。

甚至還會傳出大貴族威脅弱小貴族交出特權的負面謠言。

「真是麻煩。」

「貴族真的很麻煩呢。讓王國參與的事情也一樣，增聘警備隊長需要的經費，是由我們來出吧？這麼做，就能讓王國獲得利益。在發生事變時，王國貴族有義務派遣諸侯軍支援，所以不需要向王國納貢，這麼做就是為了避免打破那條規定。」

這我也有聽說。

以前的制度，是貴族必須按照戰爭與領地的規模，向王國納貢。

不過當時王國與帝國長年爭戰，有一部分的貴族曾為了擺脫那股沉重的負擔，企圖脫離王國。

王國後來透過取消納貢制度，解決了這場危機，不能讓別人認為布雷希洛德藩侯家又恢復了那項制度。

所以才要由我們負擔駐守警備隊的經費。

「像這種時候，反而是應付教會比較輕鬆。因為只要在這裡蓋巡禮所和教會就行了。」

再來只要捐點錢，就能讓一切圓滿收場。

不論是好是壞，教會的營運系統都非常洗鍊。

雖然也可以說是「俗氣」。

「那麼，我們該去奧伊倫貝爾格騎士領地了。」

雖然不小心聊開了，但其實我是來接布雷希洛德藩侯。

帶著他回到奧伊倫貝爾格騎士領地後，我發現奧伊倫貝爾格卿和法伊特先生，在擺脫了對他們來說過於沉重的工作後，都變得一臉開朗。

「布雷希洛德藩侯大人。」

「你們想要的是不用擔心飛龍或翼龍來襲，有適合種植馬洛薯的山坡，同時還能種植許多其他作物的替代領地吧。布雷希洛德藩侯領地內，有很多鄰接利庫大山脈的地區，所以一定找得到那樣的土地。」

「太好了。」

法伊特先生笑著說道。

比起管理隧道，他應該更想種植馬洛薯吧。

「到了新的領地後，得馬上開始培育土壤才行。雖然好不容易累積了培育土壤的知識，但應該得花十年的時間，才能種出和現在一樣甜的馬洛薯吧。」

「既然如此，不如請鮑麥斯特伯爵幫忙把土運過去怎麼樣？他也曾經用相同的方法，將整塊領地的農田土壤運到別處。」

「居然連這種事情都做得到，鮑麥斯特伯爵大人真是厲害呢。」

農業最費工的部分，就是培育土壤。

所以我覺得換地方種時，還是直接把土運過去比較快。

法伊特先生一得知我能辦到這種事，就對我投以景仰的視線。

他以前一直都很怕我，感覺這是他第一次對我感到尊敬。

「反正無論如何，都得在奧伊倫貝爾格騎士領地進行大規模工程……」

目前正在用魔法去除土石，所以禁止外人進入，但等隧道的出入口變寬後，就必須另外進行防範山崩的工程。

除此之外，還必須拓寬道路、拆遷農地與民宅、建造讓通過隧道的人使用的旅館和馬車停靠區等設施。

如果怠於處理這些事情，隧道的使用者們可能在進隧道前就引發大塞車。

不只是保管行李的倉庫區和旅館設施，還需要有餐廳區和娛樂區。

現實上來說，若要打造這些必要的設施，就不得不請領民們搬到其他地方。

鮑麥斯特伯爵領地那邊也需要相同的設施，我們已經委託同時也是建築師的林布蘭特男爵幫忙畫設計圖了。

等設計圖完成後，我又要開始幫忙進行基礎工程了。

建築物方面也一樣，按照羅德里希的計畫，會先在工匠較多的王都蓋好，再請林布蘭特男爵用「移建」搬運以縮短時間。

其實許多事情都已經開始在進行了。

「不只是管理隧道，還要配合隧道進行開發，這實在超出了我們的能力範圍。」

「而且如果在領地內建造那些設施，就沒辦法再種馬洛薯了。」

奧伊倫貝爾格卿感嘆這些事超出自己的能力範圍，法伊特先生則是擔憂開始進行建設工程後，馬洛薯田也會跟著消失。

「為了防止山崩，那些馬洛薯田目前所在的山坡將展開補強工程。反正都是要開挖，你們就直接把土帶去吧。」

「感激不盡。」

法伊特先生對布雷希洛德藩侯的好意表達感謝。

雖然一開始發生了不少事，但難題總算解決了。

明明大家都對此感到慶幸，但命運女神實在太善變了。

我們再次面臨了新的難題。

某人突然用力打開奧伊倫貝爾格家的玄關大門，闖了進來。

「爸爸！哥哥！你們瘋了嗎？這明明是讓奧伊倫貝爾格家翻身的大好機會，為什麼還開心地把這麼有賺頭的生意拱手讓人！」

「「卡琪雅？」」

「親愛的，這位不就是……」

「真的假的？」

前幾天才跟我們一起狩獵翼龍與飛龍、身手高超的女冒險者卡琪雅。

雖然有聽說她是奧伊倫貝爾格騎士領地出身，但沒想到她會出現在這裡……

從她對奧伊倫貝爾格卿和法伊特先生的稱呼來看，她應該不是普通的領民，而是奧伊倫貝爾格家的千金。

「卡琪雅，妳回來得還真早。妳不是預定下個月才要回來嗎？」

「卡琪雅，之前給妳的馬洛薯乾已經吃完了嗎？」

「我的馬洛薯乾還夠吃……不對！不是啦！我是因為聽說老家出了狀況，才急忙趕回來！」

雖然我們對她隱瞞了這邊的情報，但她不愧是個優秀的冒險者。

她似乎透過自己的人脈，掌握了老家奧伊倫貝爾格騎士領地的最新狀況。

這麼說來，卡琪雅不僅認識很多人，人面也很廣。

相較於急忙趕回來的卡琪雅，奧伊倫貝爾格卿和法伊特先生悠哉地詢問卡琪雅回家的原因。

看來卡琪雅和家人感情不錯，平常也會定期回老家。

從法伊特先生一問馬洛薯乾還剩多少，卡琪雅就坦白地回答來看，她或許意外是個性格坦率的女孩。
不過，馬洛薯乾啊……
「這真是個盲點。回去時，也買一些馬洛薯乾吧。」
「不，現在不是說這種事的時候吧……」
「話雖如此，不管之後局勢如何演變，馬洛薯乾存在的事實都不會改變啊。」
「你怎麼連這種時候都這樣……」
艾爾傻眼地說道，話說馬洛薯乾的甜度，不曉得和番薯乾差多少？
我實在很在意，所以還是想要早點入手。
「失禮了，奧伊倫貝爾格卿。恕我孤陋寡聞，請問這位小姐是誰？」
「她是我的女兒卡琪雅。是法伊特的妹妹。」
「原來是令嬡啊……」
布雷希洛德藩侯代替我確認卡琪雅的身分，但她果然是奧伊倫貝爾格家的女兒。
雖然連自己的附庸奧伊倫貝爾格家有女兒都不知道，算是相當失態，但我必須替他辯護一下，因為本來就沒有任何貴族知道這件事，所以大家都是同罪。
畢竟就算不知道，也不會有任何人困擾。
「卡琪雅小姐平常是在外地工作嗎？」
「是啊，我在當冒險者。直到前陣子，都還在和那邊的鮑麥斯特伯爵等人一起狩獵翼龍和飛龍呢。」

「是這樣嗎？鮑麥斯特伯爵？」

「嗯，我當時只聽說她是奧伊倫貝爾格騎士領地出身，沒想到她居然是領主的家人。」

「原來是這樣啊。」

布雷希洛德藩侯接受了我的說明。

是因為冒險者的身分，還是本人的性格呢？

卡琪雅就算面對布雷希洛德藩侯，也不改平時的語氣。

實力堅強的冒險者，很少因為對象是大貴族就突然變得恭敬。

雖然不是完全沒有那樣的人，但就算被一兩個大貴族盯上，也不會對生活造成影響，在只注重實力的冒險者世界，如果對當權者表現出卑微的態度，也很容易被其他同行瞧不起。

進一步而言，其實像卡琪雅這樣隱藏貴族身分當冒險者的人也不在少數，所以這種冒險者就算面對大貴族，也不會表現出謙卑的態度。

「喂，卡琪雅，這位大人可是……」

卡琪雅就連面對布雷希洛德藩侯時也沒使用敬語，讓奧伊倫貝爾格卿頓時變得臉色蒼白，但在這種情況，卡琪雅的作法才是對的。

雖然奧伊倫貝爾格卿表現得太過卑微，但他原本就是這種個性，所以也無可奈何。

「是布雷希洛德藩侯大人吧？很不巧，我現在是冒險者。」

「我並不在意喔。」

布雷希洛德藩侯也不在意她的語氣。

身為大貴族，在驅逐領地內的魔物時，他也經常和冒險者見面。

布雷希洛德藩侯很清楚冒險者的個性，雖然也有會無意義地藐視冒險者，在斥責他們的無禮後遭到無視的貴族，但這種人後來都會吃虧。

即使委託冒險者工作，也可能會被以「我不想接那個貴族的工作」為由遭到拒絕。

優秀的布雷希洛德藩侯，不可能犯下這種失誤。

「畢竟卡琪雅小姐不是我的家臣。」

「喔，不愧是大貴族大人，幸好你很明事理呢。」

接著，卡琪雅看向布蘭塔克先生。

她擁有魔力，所以看得出布蘭塔克先生的實力。

光是這點，就足以證明她是個優秀的冒險者。

「妳好。」

不過，布蘭塔克先生對卡琪雅沒什麼興趣，只跟她打了個普通的招呼。

「（布蘭塔克先生，你對卡琪雅沒興趣嗎？）」

「（我對小姑娘才沒興趣。）」

艾爾小聲詢問，換來布蘭塔克先生冷淡的回答。

布蘭塔克先生喜歡的是他妻子那種類型。

說意外也有點奇怪，但總之他喜歡賢淑的女性。

「卡琪雅，妳突然闖進來，是對這件事有什麼不滿嗎？」

畢竟曾經一起工作過，我單刀直入地問卡琪雅有什麼不滿。

必須先搞清楚這點，才有辦法處理。

「你問我有什麼不滿……隧道的權利，無論怎麼看都是屬於奧伊倫貝爾格家吧！不管是宗主還是王國，都不應該硬搶吧！」

「我並沒有硬搶……追根究柢，是奧伊倫貝爾格卿和法伊特先生，自己拒絕管理隧道。」

難怪布雷希洛德藩侯一開始會拒絕。

這個世界沒有新聞或網路，所以只要曾傳出奧伊倫貝爾格家這個弱小貴族或許會取得隧道權利的謠言，大家自然就會擅自推測作為宗主的布雷希洛德藩侯後來搶奪了他們的權利。

而擔心這件事的卡琪雅回家一看，就發現自己的父親和哥哥正如同傳聞所說的那樣，將隧道的權利移轉給布雷希洛德藩侯。

所以她才會連忙闖進來大聲喝斥。

「我也必須負擔相關的責任，並不是只要單純收取過路費就好喔。」

「這我當然知道！」

「真的嗎？」

「是啊！」

既然隧道會加速人與物的流通，負面案件自然也會跟著增加。

違法物品與犯罪者的移動也一樣。

此外，那條隧道是連接布雷希洛德藩侯領地與鮑麥斯特伯爵領地的重要設施。

雖說王國與帝國已經議和，一旦之後發生戰爭，這裡也有可能會受到攻擊。

戰敗死亡的紐倫貝爾格公爵派系的餘黨，也可能會為了捲土重來而挑撥王國與帝國，將隧道當成恐怖攻擊的目標。

「所以王國警備隊也有參與。然而就算有他們協助，扣掉由鮑麥斯特伯爵家掌控的魔導燈管理室，關於隧道的警備和管理，我也必須負起一半的責任。這些事情處理起來都相當麻煩。」

「只要由奧伊倫貝爾格家來準備……」

「就是因為你們無法勝任，事情才會變成現在這樣。還不只如此喔。」

我們還必須替使用隧道的人，整頓隧道出入口附近的道路與週邊設備。

為了調查使用者的身分和行李，還必須經營稅關方面的設施。

「這需要許多金錢、人力和相關知識。若鮑麥斯特伯爵領地那邊的出入口進展得很順利，奧伊倫貝爾格騎士領地這邊的進度卻一直停滯不前，會帶來許多困擾。一旦事情變成那樣，王國可能會以怠忽職守為由，沒收你們的領地。」

「唔！」

布雷希洛德藩侯敏銳的分析，讓卡琪雅畏縮了起來。

「即使如此……一定還是有方法能讓奧伊倫貝爾格家來管理……」

「確實不能說沒有。」

「我就說吧。」

以為這樣隧道就不會被搶走的卡琪雅，臉上恢復了笑容。

「條件是法伊特大人必須接受相親。」

布雷希洛德藩侯指向布蘭塔克先生之前帶來這裡的大量相親照片。

「擁有資金、人才與知識，且地位在子爵以上的貴族家非常多。只要讓法伊特大人與妻子一起借助娘家的資金與人才，就能夠維持隧道。這樣雖然名義上是奧伊倫貝爾格家在管理隧道，但實質上是被妻子的娘家給篡奪了吧。」

被娘家篡奪。

這個可能性，讓卡琪雅的表情瞬間沉了下來。

「雖然布雷希洛德藩侯家不樂見這種狀況發生，但還是能夠忍耐。因為王國軍也會駐留在這裡，所以並不會感到困擾，妻子的娘家那邊應該也不會亂來吧。畢竟奧伊倫貝爾格騎士領地可是完全被布雷希洛德藩侯領地包圍。」

他們想要的是隧道的權利，而不是干涉布雷希洛德藩侯家的權利。

所以應該會迴避無意義的衝突與對立。

「順帶一提，在讓法伊特大人迎娶其他貴族家千金這件事情上，布雷希洛德藩侯家也是居於有利的立場。畢竟奧伊倫貝爾格家是布雷希洛德藩侯家的附庸。」

只要宗主說要替附庸的繼承人介紹妻子，其他貴族就只能閉嘴。

就結果而言，管理隧道的資金與人才仍是來自布雷希洛德藩侯家的親戚或與他們關係良好的附庸，奧伊倫貝爾格家實質上仍是遭到篡奪。

「因為對名聲不好，所以我本來不想採取這種方法，但若法伊特大人下定決心要娶其他貴族家的女兒，我也勉強願意接受。幸好最後奧伊倫貝爾格卿和法伊特大人都非常了解狀況，做出了最好的選擇……」

布雷希洛德藩侯對卡琪雅露出彷彿在說「真是多管閒事……」的表情。

聽完這些話後，我愈來愈覺得奧伊倫貝爾格家想自行管理隧道是件困難的事。

「簡單來講，就是量力而為的選擇……」

奧伊倫貝爾格卿輕聲說道。

「這也是原因之一，再來就是一旦隧道開始施工，周圍的農地就會被破壞……也會對馬洛薯的收穫量造成極大的影響……」

法伊特先生表示農地原本就少，而且他也討厭將時間花在農務以外的事情上。

「哥哥！比起賺不了多少錢的農業，當然要選擇管理隧道吧！」

「農業是人民的根本。人如果不吃東西，就無法生存。而且卡琪雅也喜歡馬洛薯吧？妳每次回家時，不都會帶大量的馬洛薯乾走嗎？」

「馬洛薯這種東西，只要靠管理隧道賺到錢後，再跟其他地方買農地就行了吧！」

想腳踏實地靠農業和種馬洛薯維生的哥哥，以及想靠管理隧道讓奧伊倫貝爾格家發達的妹妹。

留在老家的哥哥個性保守，離開老家的妹妹想挑戰新事物，大概就是這種感覺吧？

「卡琪雅小姐，很遺憾，這是不可能的。」

「因為周圍全都是布雷希洛德藩侯領地嗎？」

「這也是其中一個原因，但主要是因為王國禁止貴族之間交易土地。」

「是這樣嗎？」

「咦？妳不知道嗎？」

「嗚嗚……」

這也是理所當然。

如果貴族之間擅自買賣土地導致領地有所增減，負責管理貴族的王國一定會受不了吧。

若騎士爵領地透過購買土地，在不知不覺間變成伯爵領地的規模，會對王國管理貴族的政策產生重大妨礙。

當然，也有所謂的例外，但如果想讓領地增加，就必須在紛爭中獲勝，取得對自己有利的裁定案。

「如果隨便販賣土地，會被王國處罰。」

「明明就可以交換土地！」

「這也要獲得王國的許可。」

貴族法的基本，就是只要有獲得王國的許可，就算是違法行為也能被視為例外獲得默認。

針對這次的狀況，王國不可能拒絕布雷希洛德藩侯的提案。

因為他們自己也想不出其他解決方案。

「可惡！太狡猾了！」

「狡猾……奧伊倫貝爾格卿和法伊特大人只是依據現實狀況下判斷，我覺得他們已經盡力做到最好了……」

「爸爸！哥哥！這時候應該要堅持下去！順利的話，別說是男爵了，甚至有機會當上子爵！」

講不贏布雷希洛德藩侯的卡琪雅，轉而激勵父親與哥哥。

因為講道理講不贏，所以打算動之以情嗎？

話說回來，居然想靠幹勁解決問題……又不是戰前的日本軍人，這種精神論也太誇張了。

「艾莉絲，妳覺得她是因為失去故鄉太傷心，才變得這麼固執嗎？」

我懷疑卡琪雅是因為不想失去故鄉才那麼感情用事，所以向艾莉絲確認。

「只要管理隧道，就能為奧伊倫貝爾格家帶來繁榮。自己雖然已經離開這個家，但還是希望能看見老家變繁榮。大概是這樣吧。」

「真麻煩……」

明明只要卡琪雅不來搗亂，事情就解決了。

我開始詛咒起命運之神。

「意思是不能讓哥哥迎娶其他貴族家的人吧？既然如此，就讓我來招贅，然後叫那個人當負責人，處理和隧道有關的工作。」

「（為什麼會變成那樣……）」

我小聲抱怨卡琪雅莫名其妙的判斷。

明明就算採用這種非正規的手法，也無法改變奧伊倫貝爾格家被傀儡化的事實。

布雷希洛德藩侯在聽見卡琪雅亂來的提案後，也露骨地皺起眉頭。

「這樣只是恢復貴族家千金的立場，感覺還滿正常的……」

伊娜說的沒錯。

卡琪雅原本就應該嫁到某個貴族家，只是因為奧伊倫貝爾格家性質特殊，才讓她離開家當冒險者自由行動。

這麼做，只是讓她恢復成原本的立場。

「事情就是這樣，請幫我介紹一個能為了奧伊倫貝爾格家努力又能幹的夫婿吧，宗主布雷希洛德藩侯大人。」

「什麼！話說回來，卡琪雅小姐，妳到底是從哪裡獲得這些消息？」

「這麼說來，確實是有點怪呢。」

「她回來得確實是有點太早了。」

我們最後是在鮑爾柏格與她道別。雖然最近冒險者公會的規模順利擴大，但和王都與布雷希柏格相比，那裡冒險者的人數還是不多，取得情報的速度也比其他地方慢。

雖然不到完全沒有，但我的領地應該很少貴族才對。

也難怪薇爾瑪和卡特琳娜會覺得奇怪。

「其實我在和各位分開後，碰巧遇見了還算有點交情的冒險者。是他告訴我這些事情。」

卡琪雅得意地說她一聽到消息，就連忙搭上開往布雷希柏格的魔導飛行船，再用魔法強化速度直接衝來奧伊倫貝爾格騎士領地。

可惡的卡琪雅，看來她也能做到和在內亂時負責傳令的「疾風的優法」一樣的事。

「雖然沒辦法像教會或冒險者公會底下的密探和傳令那樣日行千里，但跑個兩到三百公里還不成問題。」

畢竟她在戰鬥時，都能夠以那樣的速度靈活行動了。

如果將魔力都用在移動上，應該不怎麼困難吧。

「只要我還有一口氣在，就不會輕易被你們矇騙。一切就拜託你啦，布雷希洛德藩侯大人。」

「……那個，布雷希洛德藩侯……」

「鮑麥斯特伯爵，不用再說了……」

卡琪雅突然提出亂來的要求，害布雷希洛德藩侯沮喪地垂下肩膀。

而且這也帶出另一個問題，將多餘的情報洩漏給卡琪雅的，一定是貴族。

陛下和閣僚們今天之所以沒來這裡，或許就是在忙著處理情報外洩的事情。

「（威爾，這件事真的有辦法解決嗎？）」

「（問我也沒用啊……）」

卡琪雅搞不清楚狀況的提案與在檯面下蠢蠢欲動的貴族，讓圍繞隧道的情勢逐漸變得更加混亂。

「我回來了。」

「領主大人，我帶那個女孩的情報回來了。」

「辛苦你了。」

結果卡琪雅一鬧，就讓隧道的事情回到起點。

雖然也可以請奧伊倫貝爾格卿用當家的權限讓卡琪雅閉嘴，但這樣那個不受控制的少女，或許會開始自己找夫婿。

有許多貴族都想趁亂牟取利益，所以布雷希洛德藩侯認為就算只是一個少女，也必須多加留意。

在最壞的情況下，或許會有貴族與她聯手將當家囚禁起來。

法伊特先生也不太擅長應付個性強硬的妹妹，所以或許會就這樣屈服於她。

『得說服卡琪雅接受才行。』

說完後，法伊特先生就和奧伊倫貝爾格卿一起繼續嘗試說服卡琪雅。

這段期間，布雷希洛德藩侯下令收集關於卡琪雅的情報。

我們前陣子已經大概掌握了她的戰鬥能力，但對她這個人還是不怎麼了解。

「龍鬥團」的首領哥爾夫先生曾和卡琪雅一起從事獵龍工作，所以我們本來打算跟他打探消息，但其實他似乎也不知道卡琪雅是奧伊倫貝爾格家的女兒。

我們也不曉得他目前人在那裡，所以只好拜託在冒險者公會本部人面很廣的布蘭塔克先生收集情報。

「這有點算是灰色地帶，所以希望伯爵大人能睜一隻眼閉一隻眼。」

為了避免惹麻煩，冒險者公會通常不太願意洩漏冒險者的個人資料。

尤其是很會賺錢的冒險者，如果他們因為被人勒索或成為犯罪被害人而失去賺錢能力，會害公會蒙受極大的損失。

「喲，奧拉利大人在嗎？」

我用「瞬間移動」帶布蘭塔克先生來到位於王都的冒險者公會本部後，他從本部的後門溜了進去，對負責招呼的年輕女辦公人員報上某個人物的名字，然後就和一位出來迎接的初老男子講起了悄悄話。

那名男子，應該是公會的幹部吧。

從他發現我也在後並沒有特別驚慌來看，他應該已經習慣應付身分高貴的人。

這表示他在公會內的地位很高。

「布蘭塔克，我也不能給你太詳細的情報喔。」

「關於這件事……」

布蘭塔克先生向出來迎接的初老男子說明狀況。

「原來發生了這樣的事情。那個女孩不擅長這種需要用到腦袋的工作。真沒辦法……只要你們能設法讓她繼續當冒險者……還有……」

「放心吧，奧拉利大人。我們不會洩漏情報來源。」

「我可不想被開懲罰會議。還有之後記得請我喝一杯。」

「沒問題。」

兩個大叔討論完後，布蘭塔克先生收下了一份文件。

我們帶著那份文件，回到奧伊倫貝爾格騎士領地。

「所以，她到底是什麼人物？」

「狀況不太妙呢。」

布蘭塔克先生將收到的資料遞給布雷希洛德藩侯，後者看到一半就突然皺起眉頭。

「看來她賺了不少錢呢……」

「資金雄厚啊……」

我們總算知道卡琪雅為何能表現得那麼強硬。

她是個優秀的冒險者，並靠自己賺了不少錢。

「十五歲從王都的冒險者預備校畢業後，在短短四年內就賺到超過一千萬啊……」

明明是這樣的人才，而且還是附庸的女兒，為什麼布雷希洛德藩侯會沒注意到她呢……

「登錄名稱就只有卡琪雅……」

卡琪雅只有說自己是來自奧伊倫貝爾格騎士領地，沒讓周圍的人知道自己是貴族的女兒。

在只重視實力的冒險者當中，有許多這樣的人，基於冒險者的道義，只要本人沒提，就不能過度打探，這已經是默認的規則。

就貴族千金的情況而言，因為女性無法擔任家臣，所以委託卡琪雅的貴族也不會想要詳細調查她的事情，這也是這個世界特有的情況。

即使想娶卡琪雅為妻，她那男孩子氣的說話方式，也會被對象嫌棄。

如果不知道她是貴族千金，以居高臨下的施恩態度和卡琪雅交涉，也會反過來被她拒絕吧。

「為什麼她不說自己是貴族？」

「據說她經常將『冒險者的出身一點都不重要！只要會賺錢就好！』這句話掛在嘴邊。」

「雖然有道理，但感覺好麻煩。」

我們所有人都點頭贊同薇爾瑪的感想，然後一齊看向卡特琳娜。

「為什麼要看我？」

注意到我們的視線後，卡特琳娜露出尷尬的表情。

看來她已經忘記一開始遇見我們時，自己惹出來的騷動了。

「第一次見到卡琪雅時，她還沒這麼麻煩，但現在已經升級成比卡特琳娜還要麻煩的存在了。」

「不愧是薇爾瑪小姐……講話還是一樣不留情面……」

薇爾瑪今天還是一樣很會挖苦人。

卡特琳娜也因此板起了臉。

「正因為她是這種個性，所以才會想要自己找個優秀的夫婿，自己經營隧道吧？」

「她有一千萬分以上的資金吧？這樣當然能表現得很強硬。」

不管在哪個時代或哪個世界，都是出錢的人最偉大。

布雷希洛德藩侯也比誰都明白這點。

「她打算從自己的資產裡撥出必要經費嗎？」

「只要繼續當冒險者賺錢，甚至還能再拿出更多資金……只是就算成功找到夫婿……」

雖然不用擔心夫家干涉，但就算是家世不顯赫的優秀夫婿，也可能會害兄妹產生對立。

卡琪雅為了賺取資金而離開奧伊倫貝爾格騎士領地的時間愈長，那位夫婿與新僱用的人才，和法伊特先生與就領民之間就愈可能變得不和。

「奧伊倫貝爾格騎士領地的領民們明明想從事農業，開發卻會奪走他們的農地。」

不僅要被迫幫忙管理隧道，還要被下任領主的妹妹與其夫婿，以及其他外來人頤指氣使地使喚。

艾莉絲板起臉表示之後狀況一定會失控。

奧伊倫貝爾格騎士領地和以前的鮑麥斯特騎士領地不同。

只要領民們有那個意思，隨時都能離開領地找其他工作，如果從他們手中搶走農業，奧伊倫貝爾格騎士領地將會失去那些舊領民，這跟滅亡沒什麼兩樣。

「原來卡琪雅這麼會賺錢。真是厲害。」

「根據情報，即使扣掉各位這些例外，她在年輕一輩當中也是備受期待，甚至被稱作『神速的卡琪雅』呢。」

「之前一起狩獵時，我也有從『龍鬥團』的首領哥爾夫先生那裡聽過類似的事情。」

「冒險者大多自我意識過剩，或是莫名地喜歡惹人注目，明明沒有實力，卻喜歡替自己取外號。不過，卡琪雅的情況是周圍的人擅自替她取外號，這表示她擁有貨真價實的實力。」

我們也親眼見識過卡琪雅的實力。

雖然她不太會用魔法，但擅長用魔力提升速度，能夠在埋伏好後，一口氣砍斷龍的脖子。

一般的冒險者，根本辦不到這種事。

「這份文件上面也提到她帶回來的素材狀態良好，頗受好評。她尤其擅長狩獵翼龍與飛龍。事先埋伏，再一口氣砍斷龍的脖子啊……各位也曾經親眼見識過吧。」

「是的。」

雖然這種戰術無法用在屬性龍身上，但卡琪雅不用勉強挑戰屬性龍，賺的錢就夠多了。

她使用的軍刀和裝備，也都是高品質的訂製品。

因為收入豐厚，所以才能花大錢訂製裝備。

「話說回來，卡琪雅打算怎麼招贅啊？」

「布雷希洛德藩侯不可能幫卡琪雅介紹只對她有利的人吧。」

卡特琳娜和露易絲，都無法理解卡琪雅因為一時衝動而採取的行動。

布雷希洛德藩侯當時確實沒有答應卡琪雅的請求。這是因為他就算介紹和自己有關係的人，也可能會被卡琪雅拒絕。

「透過冒險者的人脈嗎？」

「冒險者需要具備的能力，和開發領地與管理公共設施所需的能力是兩回事吧。」

如果兩者所需的能力一樣，卡琪雅早就帶夫婿回家了。

這麼一來，卡琪雅就只能從貴族那裡找人才了。

「找像羅德里希先生那樣的人？」

「露易絲小姐，像羅德里希先生那樣的人才，可沒那麼好找喔。」

「說得也是。」

雖然一開始沒想太多就僱用了他，但像他那樣的人才可遇不可求。

其實我算是運氣相當好。

「她大概有自己的門路吧？」

布雷希洛德藩侯也感到納悶，但卡琪雅不僅是獨斷專行的類型，還擁有過剩的行動力。

她過沒多久，就發表了讓我們大吃一驚的招贅方法。

＊　＊　＊

「各位貴族！你們應該也知道奧伊倫貝爾格騎士領地的情勢吧？那麼，我就單刀直入地說了！只有戰勝我的人，能夠成為我的夫婿！」

在位於王都中心的廣場中央，卡琪雅高聲向圍觀的群眾宣布她招親的條件。

她豪邁的語氣、和語氣相反的可愛容貌，以及彷彿是在挑釁貴族的態度，讓平民們聽了後大聲歡呼。

基本上缺乏娛樂的平民們，大概是認為將發生有趣的事情吧。

「關於隧道的事，明明是想要祕密進行……」

反倒是布雷希洛德藩侯變得臉色蒼白。

因為事情牽涉到麻煩的政治因素與利益分配，所以我們才想祕密處理，結果卡琪雅全部直接公開了。

「雖然那位卡琪雅小姐乍看之下是個笨蛋，但她該不會是在經過各種計算後，才展開行動的吧？」

由於卡琪雅向世間公開了隧道的事，現在平民們都開始關注隧道將由誰來管理。

這等於是封鎖了那些貴族常用的小手段與伎倆。

如果她是經過計算才這麼做，手腕可以說是相當了得……

雖然卡特琳娜懷疑這一切都是卡琪雅計算好的。

「我覺得她只是憑著一股氣勢在行動。就和動物一樣。」

「我想也是……」

薇爾瑪毫不留情地做出辛辣的發言，布雷希洛德藩侯也露出贊同的表情。

「明明是要管理隧道，結果卻必須贏過卡琪雅？這不是很奇怪嗎？」

「伊娜小姐，這一點都不奇怪喔。」

因為這麼做的目的，是為了減少候補人選的數量。

同時也是為了排除那些只有家世顯赫，打算與老家一起吞併奧伊倫貝爾格家的笨蛋。

「只要廣範圍地尋找符合要件的人才，應該還是會剩下相當的數量。」

「這也是原因之一，但我就如各位所見是個好強的人。所以當然會想要一個能夠約束我的夫婿。」

卡琪雅發表完後，向我們說明為何要用戰鬥力來選夫婿。

不僅要能文能武，還要有人脈。

這種現充真的存在嗎？

我只會魔法，所以無法理解那種天才般的存在。

「要具備管理隧道的能力，又要比自己強……妳會不會太貪心了一點？」

「這個國家這麼大。至少會有一個男性符合條件吧？」

感覺要能夠約束好強的自己這點，完全是卡琪雅個人對男性的喜好。

「（該怎麼說才好……將實力當成基準啊……）」

她該不會是那種和別人比較時，都會先以戰鬥力為基準的類型吧。

「（她其實是個戰鬥中毒者嗎？）」

「像這樣的條件，應該只能吸引到對力量有自信的『肌肉笨蛋』吧。」

露易絲這麼說並不是在威脅，只是在給卡琪雅忠告。

「所以我宣告的對象才會『限於貴族』啊。」

如果把有能力準備管理隧道的人員這點也列為條件，就能順其自然地排除同業的冒險者。

無論比卡琪雅強多少，只要無法管理隧道就沒意義。

「那商人子弟呢？」

「露易絲小姐，卡琪雅小姐是貴族的女兒。如果單純是嫁給身分比自己低的人也就算了，但在招贅的時候，不能選擇商人當夫婿。」

布雷希洛德藩侯向露易絲說明為何不能找商人子弟。

「條件真嚴苛……」

卡琪雅似乎是想藉由強硬地向貴族們公布嚴苛的選拔條件，以掌握主導權。

「畢竟事關重大。我身為一個弱小貴族，如果想持續掌握主導權，就只能這麼做了。」

就算只是撐面子，也必須持續裝出強硬的態度。

對小貴族來說，這或許是唯一能和大貴族們對抗的手段。

「有自己的對策是件好事，不過卡琪雅比武用的競技場，還是得由我來預約才行……」

先不管是由誰來管理，如果不趕緊決定，就無法使用好不容易才開通的隧道。

結果我被迫前往王城，預約比武用的競技場。

除此之外，我還得順便跟陛下他們說明詳細的情況。

「鮑麥斯特伯爵大人，暫時得麻煩你照顧了。」

卡琪雅輕鬆地拜託我，在卡琪雅用來招贅的武藝大會開始前，她將暫時住在位於王都的鮑麥斯特伯爵官邸。

因為招贅用的武藝大會是在王都舉行，卡琪雅的獨斷又害她與父親和哥哥產生對立，所以她表示不想回老家住。

站在布雷希洛德藩侯的立場，他現在也沒義務照顧卡琪雅。

即使他願意收留卡琪雅，也要擔心這是因為他想利用族人中的男性，策劃什麼陰謀。

雖然我不認為布雷希洛德藩侯會使用這種手段，但卡琪雅為了保險起見，還是對他有所警戒。

「萬一睡覺時，被布雷希洛德藩侯家的男性成員夜襲得逞就麻煩了。」

「喔——妳還真是謹慎呢。」

「那當然。露易絲也是女冒險者，所以能夠理解吧。」

「是可以理解啦。」

卡琪雅靠自己的力量成為一流冒險者，並賺了非常多錢。

所以她的疑心當然也比一般人重。

「妳不懷疑威爾嗎？」

伊娜，妳的意思是我會對卡琪雅出手嗎？

我怎麼可能對這種麻煩的女人……我唯獨不想對卡琪雅出手。

「如果鮑麥斯特伯爵家這時候用這種強硬手段奪走隧道的權利，一定會被周圍的人強烈譴責。

而且讓人放心的是，這裡的女性成員也很多。」

「（威爾，卡琪雅意外地聰明耶？）」

「（也可以說是警戒心非常強吧。）」

艾莉絲的想法應該比較貼近現實。

畢竟卡琪雅是個單獨活動的女冒險者。

「鮑麥斯特伯爵大人，艾莉絲，暫時要麻煩你們照顧了。」

看來卡琪雅比想像中聰明，但我下定決心之後一定要找機會向她抱怨。

「我去王城了。」

「辛苦了，伯爵大人。」

「真是的，事情到底為什麼會變成這樣？」

我困惑地帶著擔任護衛的艾爾、布雷希洛德藩侯和布蘭塔克先生一起前往王城。

我們一表示想與陛下見面，就立刻被帶到謁見大廳。

卡琪雅大膽的宣言，也在王城蔚為話題。

除了陛下以外，導師、霍恩海姆樞機主教、盧克納財務卿和艾德格軍務卿等大人物也都到齊了。

「鮑麥斯特伯爵，看來殺出了一個野丫頭呢。」

陛下說的「野丫頭」，當然就是指卡琪雅。

她違抗父親與哥哥的意見，連能否做到都還不確定就表示要自行管理隧道，並光明正大地在民眾面前招贅。

她的行動既快速又大膽，雖然乍看之下非常魯莽，但以名不見經傳的小貴族家來說，這樣的戰鬥方式並沒有錯。

卡琪雅將「世間的眼光」拉攏成自己的同伴。

「拜此之賜，我們也沒辦法用什麼小手段。」

「陛下有考慮過找一位王族當她的夫婿嗎？」

「雖然也不是沒考慮過，但還是讓王國在不用負擔費用的情況下，替警備隊補充人員比較重要。

站在王國的立場，實在不樂見奧伊倫貝爾格家的態度因為招贅變得強硬，而與隔壁領地的布雷希洛德藩侯家失和。」

「無端被人懷疑也很討厭呢。」

布雷希洛德藩侯也贊同陛下的意見。

如果奧伊倫貝爾格家的新當家是王族，並因此變得更有權勢，就會與布雷希洛德藩侯產生新的緊張關係……所以王國才打算只讓王國軍的警備隊能夠免費補充人員。

雖然不曉得這是不是王國的真心話，但至少雙方都有這樣的認識。

「事情就是這樣，我們才剛要接手管理隧道的事務，那個野丫頭就出現了。」

「而且那個野丫頭，還提出了非常嚴苛的條件。」

那個像是在募集完美超人的條件，讓我啞口無言。

「王族裡沒有那樣的人。」

「布雷希洛德藩侯家族代代都不擅長武藝，所以也沒有人能夠勝過那個野丫頭。」

「雖然是為了縮減人數，但她列的條件真是令人困擾呢。」

卡琪雅還說禁止僱用實力高超的代理人，這讓民眾們聽了後，開心地發出歡呼。

『如果跟那個傻公爵一樣就不好玩了。』

『雖然鮑麥斯特伯爵大人當時用的魔法很厲害。』

對民眾來說，大貴族找代理人進行決鬥是種狡猾的行為，所以當卡琪雅說必須由本人親自戰鬥時，他們都非常贊同。

再加上之前和我決鬥的海特公爵才剛展現出那樣的醜態，所以氣氛上實在不適合派代理人出場。

陛下似乎也覺得很頭痛。

大概是想不到既能戰勝卡琪雅，又好操控的貴族子弟吧。

「不受老家的操控，又能戰勝那個野丫頭。這種人實在很難掌握。」

貴族的繼承人原本就不可能向卡琪雅挑戰。

雖然應該只能從備用的次男或不受期待的三男以下的子弟當中尋找，但這種人即使能戰勝卡琪雅，也只會和她聯手利用老家，甚至還可能會叛變。

「這麼一來，那個老家也會出問題，也可能讓與隧道有關的事務變得更加麻煩。所以最好不要有這類不安定的要素……」

「站在我們的立場，最好是布雷希洛德藩侯家或其他貴族底下的人，會比較好掌控。」

對盧克納財務卿這種等級的貴族來說，那種小貴族家的興亡一點都不重要。

只要能夠穩定地使用隧道，促進王國的經濟發展就行了。

對他們來說，卡琪雅就等於是個在最後突然跑出來的反叛者。

「既然本人想那麼做，就隨她高興吧。」

「如果失敗了怎麼辦？」

「盧克納財務卿大人。在那之前，那些軟弱的貴族子弟根本就贏不了那個野丫頭吧？在下只擔心這點。」

某方面來說，導師的意見可以說是最為辛辣。

他直截了當地表示可能沒有任何貴族子弟贏得了卡琪雅。

「至少會有一個人吧。既然都說到這份上了，不如導師親自出馬如何？」

「在下原本就不符合資格，而且在下不擅長應付那種野丫頭！」

導師應該能夠輕易戰勝卡琪雅，但他不可能離開陛下身邊成為地方貴族。

盧克納財務卿應該也知道這點，所以有一半是在挖苦他。

「在下喜歡的是賢淑的女性！」

雖然令人意外，但導師的妻子都是那種類型的女性。

導師很喜歡艾莉絲這個外甥女，實際上他也很受這類女性的歡迎。

也許人總是會被資質完全與自己相反的異性吸引。

「真是令人不安呢。朕姑且也會派幾名王族成員去參加。只要贏了就沒問題。」

「陛下，您覺得有機會贏嗎？」

「王族裡姑且有幾位劍術優秀的軍人。這是一場賭博。」

那些王族都是不當軍人就沒有容身之處的人，但只要打贏卡琪雅就能獲得王國的支援，所以值得期待。

「至於貴族那邊，就算不用特別說什麼，也會有人自己跑去參加吧。話說鮑麥斯特伯爵，你那邊的隧道已經準備好開通了嗎？」

「是的，一切都按照預定。」

不可能會有問題。

因為是羅德里希擬定計畫，而且我從明天開始就會被抓去進行基礎工程。

唯一要擔心的，就只有風波不斷的另一側。

如果兩側的出入口沒有一起開通，就無法使用隧道。

「既然已經公諸於眾，就必須做出一定程度上能讓民眾接受的結論。一個星期後，將在競技場進行比武招親。朕會先做好準備。」

事到如今，也只能期待有貴族厲害到能打倒卡琪雅了。

陛下他們也被捲入與開通隧道有關的麻煩事，開始為這件事情進行準備。

第六話　停留在王都後，發現貴族真的是不擇手段

要透過武藝大會，來決定負責管理隧道的夫婿。

因為卡琪雅定下的這個莫名其妙的條件，我們也被迫暫時停留在王都的鮑麥斯特伯爵官邸。

在武藝大會開始前，我們必須負責照顧卡琪雅。

這是因為我們的立場最為中立。

為了開通鮑麥斯特伯爵領地那邊的隧道，我連續好幾天都忙著進行土木工程，靠「瞬間移動」往來工程現場和王都的鮑麥斯特伯爵官邸，而卡琪雅卻每天都開心地在我們家悠閒度日。

這棟房子的主人明明是我……

為什麼主人最無法放鬆？

「親愛的，要再來一杯茶嗎？」

「那就再來一杯吧。」

今天的工作難得上午就結束，吃完午餐後，我在庭院裡喝著艾莉絲泡的茶。

這是遙的老家送來的瑞穗茶，果然單純只喝茶時，還是喝類似日本茶的瑞穗茶比較好。

「卡琪雅小姐好像很開心呢。」

「唉，不過負責陪她的艾爾就辛苦了……」

我們的視線都朝向在庭院裡進行模擬戰的艾爾和卡琪雅。

因為借宿在我家，所以卡琪雅經常向擅長用劍的艾爾發起挑戰。

兩人同樣都是習劍之人，再加上艾爾不會使用魔法，只靠劍術戰鬥，所以卡琪雅才想第一個挑戰他吧。雖然感覺艾爾被她當成了暖場的人，但比起這點，他應該更想把時間用在與遙特訓上吧。

「不愧是鮑麥斯特伯爵大人的護衛！比想像中還要強呢！防守得真嚴密！」

「我光是防守就竭盡全力了，找不到機會攻擊啦！」

艾爾和卡琪雅在庭院裡進行模擬戰，卡琪雅利用速度迷惑艾爾，持續發動攻擊，艾爾則是堅持防守，偶爾才會進行確實的反擊，讓戰況陷入膠著。

能靠魔力強化自己的卡琪雅，在基礎身體能力……尤其是速度方面占上風。但艾爾依靠過去累積的經驗與技術，巧妙地化解她的攻擊，再慢慢找機會進行反擊。

「艾爾文大人真厲害！」

「卡琪雅幾乎沒有和人類戰鬥的經驗，我只是勉強利用了這點而已，之後會愈來愈不能大意呢……」

最後，兩人的戰鬥以平手告終。

「艾爾先生，辛苦了。」

「真的是累死我了……雖然沒瓦倫老師那麼誇張，但能靠魔力補足能力的劍士真難應付。」

「確實很棘手呢。」

艾爾從遙那裡接過擦汗用的毛巾和解渴用的冰瑞穗茶，開始評論卡琪雅的戰鬥能力。

「跟我之前想的一樣。鮑麥斯特伯爵家有許多強者呢。」

從卡琪雅的表情來看，不只是艾爾，她也想和我的妻子們戰鬥。

原來如此，這也是她來我家借宿的其中一個理由嗎？

「這裡的女性成員都比我強，妳好好加油吧。」

「那真是太令人期待了。」

艾爾這傢伙，他應該是不想再陪卡琪雅練習，所以打算把她推給露易絲她們。

「（艾爾，你太過分了。）」

「（我也沒辦法啊，誰叫她想和厲害的人戰鬥。）」

伊娜小聲地向艾爾抱怨，但他把責任都推到卡琪雅身上。

另外因為遙也喜歡和強者進行模擬戰，所以非常贊同艾爾的意見。

這樣不僅能將麻煩的卡琪雅推給別人處理，還能贏得妻子的尊敬。

簡直是一石二鳥。

「那麼接下來，要換誰跟我對打呢？」

稍微休息過後，卡琪雅換對鮑麥斯特伯爵家的女性成員們發出挑戰，但她接下來就連輸了好幾次。

「……為什麼……明明是我的速度比較快……」

「妳為了提升速度，而讓動作變得太過單純。所以只要眼睛能稍微跟上，就能透過預測和感應氣息來應付。」

卡琪雅首先與魔力量和艾爾差不多、不過是刀術達人的遙戰鬥，但才過十分鐘，就被遙從死角將刀抵在脖子上落敗。

之後她又挑戰了幾次，但果然還是贏不了遙的技術，連輸了好幾場。

「明明年紀比我還小，技術卻這麼好。」

「我從三歲就開始學習刀術了。」

「這樣啊……我連劍術老師都沒有呢……」

坦白講，我實在無法想像奧伊倫貝爾格卿，或是法伊特先生揮劍的樣子。

據說他們兩人都沒有參加過武藝大會。

在這種環境下，卡琪雅也是等到成年以後才開始正式拿劍。

當然，她的劍術跟外行人差不多，她之所以能持續戰勝龍，完全是靠壓倒性的身體能力。

卡琪雅從小就在幫家裡務農，所以才造就出這麼驚人的身體能力吧。

「那個，主公大人。」

「什麼事？」

與卡琪雅分出勝負後，遙跑來找我說話。

「卡琪雅小姐，在武藝大會開始前都會住在這裡嗎？」

「畢竟沒辦法將她託付給其他人照顧……所以還會在這裡住個五天吧。」

我並沒有積極地想要照顧她，與其說是身為鮑麥斯特伯爵的義務，不如說是展現我個人的度量。

因為我不想被別人當成捨不得花錢照顧別人的小氣貴族。

「即使如此，還是非常不妙。」

「咦？為什麼？」

我不曉得遙在擔心什麼。

「卡琪雅小姐在成年前幾乎沒握過劍，只靠使用高速化魔法就變得那麼強喔。我在和她戰鬥時，發現她在和艾爾先生戰鬥過後明顯變強了。」

卡琪雅以前幾乎沒有向別人學習過劍術，所以光是和艾爾與遙這樣的高手戰鬥過一次，就立刻吸收這些經驗變強了。

遙擔心如果讓卡琪雅繼續留在這裡進行模擬戰，她一定會變得更強。

「光是現在，就已經要擔心可能沒人贏得過她了……」

「對手愈強，卡琪雅能獲得的經驗就愈多。不如說，真虧她能靠自學變得那麼強……」

艾爾似乎也發現卡琪雅深不見底的才能。

「話雖如此，伊娜她們也無法拒絕吧。」

畢竟只是普通的練習和模擬戰。

然後，遙不好的預感成真了。

「我輸了！伊娜真厲害。妳果然是從小就開始學習槍術嗎？」

「是的，我從懂事時起，就開始拿長槍了。」

「真厲害。對了，和我講話時不用那麼客氣啦。」

透過和比自己強的對手戰鬥，累積經驗讓自己變強。

卡琪雅似乎覺得這很有趣，即使攻擊被伊娜的長槍輕鬆化解，被露易絲精湛的技巧玩弄於股掌之間，或是被薇爾瑪的蠻力壓制，她看起來還是十分開心。

不如說，真虧她連打那麼多場還不會累。

不愧是在田裡長大的女孩。

雖然速度也是如此，但在老家務農時培養出來的驚人基礎體力，也是卡琪雅的厲害之處。

「露易絲也是從小開始習武啊，真令人羨慕。」

「不過，我覺得卡琪雅之所以那麼強，全都是多虧了與生俱來的身體能力，以及靠農務培養出來的頑強喔。」

「那當然。畢竟我從小就被爸爸和哥哥帶去山坡上的田地耕作。我當時還在想『總有一天，一定要離開這塊領地』呢。」

奧伊倫貝爾格家的風格，似乎是貴族也必須下田工作，所以卡琪雅也從小就開始幫忙務農。

「薇爾瑪也很厲害呢。難怪妳能在帝國的大規模內亂中那麼活躍。是妳的義父艾德格軍務卿把妳鍛鍊得這麼強嗎？」

「我是從十歲以後，才開始有老師帶我鍛鍊，所以起步還算晚。不過，我從五歲就開始狩獵……」

「那也算很厲害了。難怪妳這麼強。」

雖然卡琪雅做了很多會讓貴族生氣的事，但像這樣實際與她接觸過後，就會發現她是個性格隨和，很好相處的人。

她即使在模擬戰中落敗，也不會有怨言，反而會稱讚對手，並變得更有幹勁。

所以她才會有許多包含哥爾夫先生在內的冒險者朋友，並深受大家的信賴。

之所以會對隧道的事情那麼固執，也是因為老家過於弱小，才會讓她覺得自己必須拚命守護那裡吧。

「要是我也能戰鬥就好了，可惜我不擅長戰鬥。」

「艾莉絲的治癒魔法也很厲害啦。我的魔力量不多，所以只會用簡單的『身體強化』和『加速』魔法。如果我能治療輕傷，應該會變得更強。」

卡琪雅馬上就和艾莉絲她們打成一片。

卡琪雅早上會在庭院裡進行以模擬戰為主的訓練，等訓練結束後，艾莉絲就會準備茶水和餐點，讓大家一起快樂地用餐。

這就是傳說中的「少女聚會」嗎……

而且參加者的平均年齡非常低，所以是貨真價實的「少女聚會」。

我想起前世在上班時間和同事聊天時，曾聽說公司的女職員們偶爾也會舉辦這種聚會，但參加者的年齡都離少女有段距離。

公司的女前輩，曾經提醒我絕對不能指出這點。

「卡琪雅，妳今天的訓練應該就到此結束了吧？」

「就算是我，也已經累了。」

那當然，畢竟連續打了那麼多場……

不如說親眼見識過她的體力後，我總算理解為什麼會有人說「不能小看農業」了。

「既然如此，我們就一起去買東西吧。」

「買東西？」

「是的。卡琪雅小姐接下來還會在這裡住幾天，所以得添購一些必需品。畢竟卡琪雅小姐可是女孩子啊。」

女性如果要在一個地方住上幾天，就會需要一些東西和準備。

所以艾莉絲才會約卡琪雅一起去買東西。

「如果只是買東西，我一個人去也行……」

「那個……卡琪雅小姐現在已經不方便一個人行動了。」

卡琪雅表示她可以自己一個人去買東西，不需要特別照顧她。

但艾莉絲告訴卡琪雅，她現在已經不能獨自出門了。

艾莉絲的臉上一如往常地掛著笑容，但態度顯得非常強硬。

「在武藝大會開始前，您外出時都必須有人陪同。」

「妳認為我會沒能力保護自己嗎？不用擔心啦。」

「唉……」

艾莉絲用力嘆了口氣。

像是在說「這女孩果然什麼都不懂」。

「親愛的，您覺得呢？」

「這個嘛……」

那些認為自己的子弟無法在武藝大會中獲勝的貴族，或許會趁卡琪雅單獨行動時綁架她。

然後造成既定事實……唉，就是強行與她發生關係，再逼卡琪雅說「我果然還是決定要中止武藝大會，讓〇〇家的〇〇成為我的夫婿」。

這麼一來，就算無法靠武藝贏過卡琪雅也沒問題。

「就跟伊娜喜歡看的那些書的內容一樣？」

「我、我才不喜歡看那種作品。」

伊娜立刻否定薇爾瑪的發言。

「對啊。伊娜喜歡的是平民女孩和王子結婚的故事……」

「有什麼關係……」

這我也知道，而且這總比光天化日在街上綁架年輕女性的十八禁劇情要好。

「我喜歡什麼樣的故事不是重點啦！總之我也反對卡琪雅獨自外出。」

「是啊。人不可能無時無刻都保持警戒。」

那些企圖幹壞事的貴族也不是笨蛋。

想從正面讓卡琪雅失去戰鬥能力再綁架她非常困難，所以他們應該不會使用這種手段。

而擁有那種程度的戰鬥力的人，應該也不會協助犯罪。

如果是那麼厲害的冒險者，就算不用犯罪，也能靠狩獵維生。

即使地下社會有強到能夠綁架卡琪雅的高手，會為了隧道權利賭上整個家門的貴族，也不太可能付得起那麼高額的報酬。

「像這種情況，通常都會選擇在卡琪雅的食物裡下藥，或是用塗了能讓身體麻痺的魔法藥的吹箭攻擊她。」

「這完全是犯罪吧。」

艾爾像是在問「真的會有貴族做這種事嗎？」一般，朝卡特琳娜露出懷疑的表情。

「只要沒有證據，就不會被處罰。如果真的被犯人得逞，受害的卡琪雅小姐能否向世人告發他們的罪行也是個問題。」

就算是厲害的冒險者，這個世界的貴族女性還是很難告發性犯罪嗎？

「不過真的會有人做到那種程度嗎？」

現在是由我在照顧卡琪雅，難道那些人不怕惹我生氣嗎？

畢竟如果真的發生那種事，負責照顧卡琪雅的鮑麥斯特伯爵家也會跟著遭到指責。

「所以卡琪雅小姐只要待在這棟房子裡，就會非常安全。這也是我請妳不要獨自外出的原因。」

艾莉絲笑著說道，但她的心裡完全沒有在笑。

「還有另一個可能性。只要卡琪雅小姐突然死掉，就能將女兒嫁給法伊特先生了。」

「而且卡琪雅之前做的那些事，已經惹惱了許多貴族。」

唉，坦白講，一切就像露易絲說的那樣。

他們心裡一定在想：「都怪妳做了多餘的事情！」

那些兒子贏不了卡琪雅的貴族們，應該無法原諒卡琪雅在平民面前做出那種破壞規矩的宣言吧。

「卡琪雅是光明正大地做出宣言，所以貴族們也無法直接動手，只能偷偷毒殺吧？」

「沒錯。」

「在瑞穗，也曾有人用塗了毒藥的吹箭狙擊目標。」

薇爾瑪和遙也跟著做出恐怖發言。

不過如果是這樣，只要能夠說服驗屍的貴族，就能當作是病死吧？

「咦？事情有這麼嚴重嗎？」

「呃，應該就是那麼嚴重吧。」

明明連陛下都被捲進來了，卡琪雅這傢伙果然只是順著當下的情勢行動。

「我以後會一直被貴族盯上嗎？」

「直到這場騷動結束吧。」

「那是什麼時候？」

「簡單來講，就是持續到卡琪雅小姐決定好夫婿後。雖然貴族們應該沒那麼容易就釋懷，但如果一切都已經成定局，就算繼續干涉也只是白費力氣……」

因為一切都已經成定局，所以就算因為對卡琪雅懷有私人怨恨而策劃暗殺，也只是白費勞力與金錢。

如果有這種時間，不如拿去策劃要如何從卡琪雅丈夫的老家那裡獲取剩餘利益，還比較有效率。

艾莉絲也不是在嚇唬卡琪雅，只是想提醒她要多加小心而已。

「這一切都是卡琪雅自己的決定，所以我們也不好說些什麼，但為了妳的安全著想，希望妳行動時能更謹慎一點，不要白費了艾莉絲的好意。」

「我知道了……艾莉絲，不好意思讓妳擔心了。」

「只要妳明白就好。」

話說回來，真不愧是大貴族的女兒。

艾莉絲不僅非常清楚貴族的想法，還特地提醒卡琪雅，這讓我覺得她真的是個溫柔的女孩。

「親愛的要不要也一起來？可以的話，希望您也能一起同行。」

「好啊。」

反正羅德里希也說過在武藝大會開始前的這幾天，我只有上午需要去幫忙進行土木工程。所以我下午都有空。

畢竟我只需要負責鮑麥斯特伯爵領地那邊的隧道出入口附近的地區。

誰管奧伊倫貝爾格騎士領地那邊要怎麼辦啊！

「（這次也是要去內衣店嗎？拜託饒了我吧。）」

「（這次真的只有要買生活用品。而且就算沒有危險，卡琪雅小姐也可能會遇到其他麻煩……）」

艾莉絲拜託我同行的理由很簡單。

只要有我在，就算有貴族想加害卡琪雅，應該也不敢隨便動手。

不過，艾莉絲說卡琪雅可能會遇到其他麻煩……

這到底是什麼意思？

我思考著這個問題，和艾莉絲她們一起出去買東西。

「女孩子真的很喜歡買東西耶。」

「艾爾也喜歡看劍和買劍吧，我也是只要發現新的食材店或料理店，就會按捺不住。每個人都有自己熱衷的事物啊。」

「你今天特別寬容呢。」

我們在晚餐前，一起去王都的市區買東西。

卡琪雅和遙等女性成員，在某間生活百貨店裡興奮地品評店內的商品。
雖然前世也是如此，但女孩子真的都很喜歡飾品和雜貨呢。
「如果想買這類東西，交給多米妮克和蕾亞就行了吧？」
「艾爾，別這麼說嘛。」
艾莉絲她們在鮑爾柏格的領主館生活的期間，都沒什麼機會做菜。
家裡有許多傭人和女僕，不能隨便搶走他們的工作。
就在這時候，我們突然必須暫時留在王都。
因為事出突然，而且只需要停留約一個星期的時間，所以除了跟著來到王都的多米妮克和蕾亞以外，我們身邊就只剩下平常負責打理王都官邸的傭人，艾莉絲她們也能夠隨心所欲地做菜。
「多米妮克是艾莉絲的青梅竹馬，所以會幫我們注意這些細節。」
身為大貴族的女兒，艾莉絲平常都表現得十分節制，但我知道她其實也想像普通的女孩子那樣自己做菜或泡茶。
所以為了讓她發洩壓力，我希望她待在王都的官邸時，能夠隨心所欲地做這些事。
和艾莉絲認識多年的多米妮克，應該也很明白這點。
「原來如此，艾莉絲確實也很辛苦呢。」
就在我們兩人談論這個話題時，艾莉絲她們已經買好東西了。
「下一間是……」

「（果然啊……）」

不過這麼多女孩子聚在一起，果然不可能只逛一間店，看來我和艾爾還得繼續陪她們買東西。

「已經買了很多東西，差不多該回去了吧？」

「還有其他需要的東西啦。」

卡琪雅似乎也不擅長像其他女孩子那樣，連續逛好幾間店。

她表示已經想回去了，但其他人都不這麼想。

伊娜駁回她的提議，我們決定繼續購物。

「我知道了啦……」

就在卡琪雅露出無奈的表情，提著購物袋準備走出店門時，發生了一場意外。

她撞到了某個人，手上的袋子也掉到地上。

袋子裡也有易碎物品，所以一碰到地面就發出破裂聲。

「哎呀，真是不好意思。」

卡琪雅撞到的是一位年輕男性……而且還是個美男子。

從服裝來看，對方明顯是貴族子弟。

王族和貴族，通常都是俊男美女結婚後生下的小孩……所以除了地方貴族和弱小貴族以外……

通常外貌都不錯，而這位男子在貴族中也算是格外俊美。

「請務必讓我賠償掉下去的東西。」

「喔……」

美男子突然向卡琪雅道歉，不曉得該如何反應的卡琪雅，只能含糊地應了一聲。

平常在當冒險者的卡琪雅，很習慣和男性同行互動，但可能不太清楚要怎麼應付其他類型的男子。

那位美男子回到店內，重新購買損壞的商品，再將新的紙袋遞給卡琪雅，她在這段期間一直保持沉默。

「真的非常抱歉。」

「沒關係啦，反正你都賠償了。」

「這可不行。我家剛好就在附近。對了，我還沒自我介紹呢。我叫曼弗雷特．畢夫拉姆．馮．班卡。」

貴族帥哥完全無視我，直接向卡琪雅打招呼。

話說回來，這傢伙真的很帥。

為什麼同樣都是男性，外貌的差距會這麼大？

神真的很不公平。

「（美男子都去死算了……）」

「（或許他們意外地也都希望魔法師能去死喔。話說這也做得太露骨了……）」

這確實是誰都看得出來的演技。

艾莉絲她們也面無表情地看向那名美男子。

「請務必到我家喝杯茶。我會準備王家御用商店的蛋糕。」

「呃……」

卡琪雅難道從來沒被男冒險者搭訕過嗎？

她看起來非常不習慣。

就在我這麼想時，平常總是貫徹旁觀者立場的艾莉絲介入兩人之間。

「班卡男爵公子，您這麼誠懇地道歉，實在讓我們太不敢當了。不過卡琪雅小姐目前仍未婚，突然邀請人家到自己家裡，似乎不太妥當。鮑麥斯特伯爵家之後會派使者回禮，請恕我們婉拒您的好意。」

「這樣啊……」

原來如此，貴族帥哥違反貴族的禮儀，突然向卡琪雅搭訕，所以無法對按照貴族禮儀應對的艾莉絲表現得太強硬。

「那麼，我們接下來還有其他行程，先告辭了。」

艾莉絲優雅地對貴族帥哥行了一禮，然後就拉著卡琪雅的手快速遠離那間店。

我們也緊跟在後。

「果然變成這樣了。」

「艾莉絲早就預料到會發生這種事了嗎？」

即使有我和艾爾跟著，還是有可能遇到的麻煩事。

在實際發生後，我發現這與其說是麻煩，不如說是針對卡琪雅弱點的招數。

「原來如此，只要在武藝大會前，讓卡琪雅迷上那個美男子就贏啦。」

「是的。還有這種巧妙的手段。」

不愧是艾莉絲。

她非常清楚盤踞在王都的那些貴族的手法。

「咦？這是怎麼回事？」

這下沒救了。

卡琪雅似乎還不明白那個帥哥為什麼要接近她。

「所以說，這一切都是設計好的。」

「伊娜，是這樣嗎？」

「為什麼妳會看不出來啊……」

「因為男冒險者不會用這種迂迴的手段。」

露易絲代替卡琪雅回答伊娜的疑問。

再來就是像卡琪雅這麼厲害的冒險者，反而會讓男冒險者退避三舍。

所以卡琪雅不習慣被人搭訕。

「他當然是故意撞妳的。」

就跟卡特琳娜想的一樣，對方是刻意撞上卡琪雅，藉此製造認識她的機會。

「是啊。美男子在賠償完損壞的物品後，說這樣還不足以表示歉意，想要招待妳去他家。只要接受了一次，那個美男子隔天和後天又會繼續邀請妳，這樣卡琪雅就會迷上那個美男子了。」

只要卡琪雅迷上那個美男子，武藝大會就會失去意義。

卡琪雅只要故意輸給那個美男子就好。

「如果卡琪雅小姐是真的喜歡那個人，那也無可奈何。」

「他真的長得很帥呢。」

的確，那張俊美的臉，或許能成為有效的武器。

就像有貴族會利用漂亮的女孩吸引大貴族的注意一樣，反過來也可能成立。

「這就是美男計。」

「薇爾瑪，妳連這種下流的詞都知道啊……」

不是用美女，而是用美男子誘惑女性的陷阱……

「卡琪雅，妳喜歡他嗎？」

「我？喜歡那個男人？不可能啦。」

雖然關鍵的卡琪雅一開始有些不知所措，但似乎並未迷上那位美男子。

「為什麼？」

「薇爾瑪平常也會出外狩獵，所以應該明白吧？那種只有長相可取的傢伙，只會黏著女孩子竊取她們的成果。唉，就和小白臉差不多。」
在重視實力的獵人、漁夫和冒險者的世界，當然也有靠長相吃飯的人，他們大多是靠會賺錢的女性扶養自己。
雖然這也是一種長處，但卡琪雅不太喜歡那種只有外表可取的男性。
「長相根本不重要，重要的是有沒有足以打倒我的實力。」
卡琪雅似乎是真心只想和比自己強的男性結婚。
她似乎認為只要夫妻都很強，就能好好控制丈夫老家派來的那些人。
卡琪雅不缺資金，所以這樣的想法也不見得算錯。
「那傢伙看起來完全不能打。」
「是啊。姿勢和走路方式都不像是有練過武術的人。」
不愧是遙，光是這樣就能看出那位美男子的戰鬥能力。
我就算觀察別人的姿勢和走路方式……應該也看不出什麼吧。
「話說回來，艾莉絲，妳剛才稱呼那個人為『班卡男爵公子』吧。光看外表，應該無法分辨他是當家還是貴族之子，妳原本就認識他嗎？」
畢竟當家平常也不會掛著寫了「我是當家」的名牌。
我沒穿披風時，不認識的人應該也不會曉得我是伯爵家的當家。
大部分的人應該都會以為我是繼承人。

「是的。班卡家是文官輩出的名譽貴族家……」

「應該是有什麼原因，讓他盯上了卡琪雅吧。」

「是的。」

艾爾猜得沒錯，根據艾莉絲所言，班卡男爵家在兩代前因為犯下失誤，而失去了世襲的職位。

因為還是能領年金，生活並不窮困，但既然無法取回世襲的職位，就只能靠管理隧道的權利復興家門了。所以他們才叫兒子做那種事啊。

「原來如此，那個美男子的家族也很辛苦呢。」

「威爾，你怎麼還這麼悠哉啊？」

「有什麼問題嗎？」

那個美男子並沒有使出強硬的手段，所以應該構不成威脅……

「不如說，艾莉絲擔心的正是那些會使用這種手段的人吧？」

「沒錯，畢竟威德林先生和我們，只能趕跑想對卡琪雅小姐動粗的人。」

「咦？接下來還會出現更多那種人嗎？」

「不如說，那種人反而比較多吧？」

伊娜和卡特琳娜擔心的事情成真了。

我們前往下一間店時，路上突然有人從建築物後面撞向卡琪雅……但還沒撞到就被艾爾擋下。

那個人被艾爾推開後，直接倒在路上。

「你沒事吧……艾莉絲？」

卡琪雅忍不住上前關切，但艾莉絲默默地伸手阻止了她。

仔細一看，倒在地上的那個人也是個帥哥……是個外表弱不禁風、身材苗條的男性。

他看起來也打不贏卡琪雅。

「唔……好痛……」

「那還真是糟糕呢。」

是因為卡琪雅沒有過去關切，所以著急了嗎？

身材苗條的帥哥，假裝自己跌倒時受了傷。

「（這也太假了……）」

不只是露易絲，就連我都看得出來他的演技很差。

他應該和剛才的班卡男爵公子一樣，是想藉故認識卡琪雅，和她發展成戀愛關係吧。

「（標準的美男子，身材苗條的帥哥……感覺很受比他年長的女性歡迎……）」

他的年紀看起來比卡琪雅還小，所以或許是想賭賭看她喜歡姊弟戀的可能性。

「我幫您治療好了，下次請小心一點。」

不過艾莉絲簡單替他施展治癒魔法後，就擺出冷淡的態度。

「我想向差點被我撞到的卡琪雅大人道歉……」

「因為沒有實際撞到，所以不用在意。還有哪裡會痛嗎？」

男子原本就沒有受傷，也沒有什麼詳細的計畫，所以在被艾莉絲阻止後，沒有成功撞到卡琪雅的他，連話都沒說上就被迫撤退了。

「那是怎樣？」

「他很拚命地想認識卡琪雅呢。」

該怎麼說才好……卡琪雅簡直就像是戀愛模擬遊戲的主角。

問題在於，目前還沒有男性角色成功認識了卡琪雅。

「卡琪雅真受歡迎呢。」

「薇爾瑪，我才不需要那種軟弱的男人。」

卡琪雅似乎不喜歡纖弱型的帥哥。

「不過，接下來應該只會遇到那種類型的人。」

如果對實力有自信，應該會想在武藝大會上打倒卡琪雅。

就是因為辦不到這點，那兩個帥哥才會使出那種小手段。

「趁人家走出店門時撞上去，再藉由賠償損壞的商品來發展戀情。」

「趁人家走在路上時，靠相撞來認識對方。」

「「真是老套的招式（呢）。」」

那兩個帥哥的招式實在太老套，而且演技也很拙劣，根本騙不過人，讓伊娜和露易絲都覺得非常傻眼。

「伊娜常看的書裡也有這種劇情呢。」

「薇爾瑪，那只是故事，所以沒關係啦。」

即使由真人來演，演技蹩腳成那樣也沒什麼意義……

就算伊娜能接受這種故事劇情，也不想看那種三流戲碼吧。

這跟「不想看見作品被翻拍成真人版……」也有共通之處吧。

「那兩個人的目的不是卡琪雅本人，而是隧道的權利吧。以故事來說，實在太不純潔了。」

「如果透露出這樣的背景設定，確實會讓觀眾覺得討厭呢。」

伊娜和遙也都對剛才那兩個做得太露骨的帥哥表示反感。

「不過他們長得很帥，應該很受女性歡迎吧。」

像那樣的帥哥，人生想必會過得很順遂。

畢竟我和艾爾的長相都偏向一般人。

「應該不會再有人來了吧？」

「不，直到武藝大會正式開始前，卡琪雅小姐只要一出門，就會遇到很多那種人吧。」

艾莉絲斷定不可能只有兩個貴族家在策劃這種事。

許多貴族子弟想要博得卡琪雅的好感，而且他們全都是帥哥。

「能被許多美男子包圍，真是太好了呢。」

「我就說我討厭那種軟弱的男性了！」

男性如果接連遇見美女會很高興，所以艾爾以為卡琪雅會很高興能遇見許多美男子。

但卡琪雅立刻加以否定。

「那直到武藝大會當天，最好都不要出門吧。」

「欸──！我討厭那樣。」

「話雖如此，這也是妳自己種的因，所以只能自己負責了。」

「嗚嗚……只要能在庭院進行模擬戰……」

如果接下來的每一天，都得看想認識自己的貴族子弟演蹩腳戲，卡琪雅應該也會受不了吧。

不過要是伊娜他們願意每天陪她在庭院裡做戰鬥訓練，她就不怕運動不足了。

「那麼，今天就一口氣把需要的東西買完吧。不過……」

「不過怎樣，艾莉絲？」

「我覺得還會再遇到。」

我們今天只好無奈地繼續購物，但艾莉絲猜得沒錯，我們馬上又被奇怪的人給纏上了。

「喂！妳剛才撞到我的手了！」

「好痛啊！我的手斷啦！」

「快付醫藥費啊！」

這三人組明顯是想找卡琪雅的碴。

連碰都沒碰到就說手受傷了，這些人未免也太老套了。

「你們至少也等真的撞到後，再來找碴嘛。」

「你是誰啊？」

艾爾傻眼地叫不良三人組認真一點演，這三個人雖然外表凶狠，但看起來不怎麼習慣打架。

從他們身上感覺不到壞蛋特有的恐怖氣息。

「（艾莉絲，他們是冒牌貨嗎？）」

「（嗯，可能是劇團的人。）」

艾莉絲表示他們很可能是在王都或王都周邊活動的劇團成員。

「（應該是打工的啊。）」

原來如此，第三位帥哥僱用的是劇團成員，這樣他們也能利用空閒時間獲得額外收入。

既然他們不是真正的壞蛋，那就好解決了。

「我們的人數明明比較多，為什麼你們還敢來找碴啊？」

「少囉唆！」

「明明幾乎都是女的！」

「想打架嗎？來啊！」

真可憐。

他們似乎不知道我們是誰。

雇主沒有提供他們情報……不對，他們原本就沒打算戰鬥。

這是因為……

「你們快住手！」

第三位帥哥按照劇本，出場收拾那些騷擾卡琪雅的壞蛋。

「你算哪根蔥啊？」

「三個大男人一起威脅年輕的女性，都不覺得丟臉嗎？」

第三位帥哥登場，但他看起來也是因為打不贏卡琪雅，才只好採取這種手段。

話說回來，我們根本就沒陷入危機……

「你幹嘛突然跑出來多管閒事啊？」

「宰了你喔！」

「雖然我們都不知道你是誰！」

「喔，你們不認識我啊。那我就告訴你們吧。我是在王都赫赫有名的亞伯・約翰尼斯・馮・普拉提斯！」

第三位帥哥，在三個壞蛋面前擺出帥氣的姿勢自我介紹。

「（真是太假了……）」

這個世界的人，演戲就不能再演得逼真一點嗎？

不過貴族子弟本來就不可能突然變的會演戲，所以這樣也很正常。

「（艾爾，那傢伙在王都有這麼有名嗎？）」

「（別問我啦……）」

「（該不會是在我們去帝國時變有名的吧？）」

「（怎麼可能。）」

這表示那個人只是自稱在王都很有名。

「你們快點住手。」

「笨蛋！為什麼我們要聽你的話啊？」

「如果你再說那種莫名其妙的話，我們就先教訓你！」

「你以為你一個人能打得贏三個人嗎？」

「真沒辦法，那就由我來當你們的對手吧。」

經過以上那段假惺惺的對話後，第三位帥哥和三壞蛋開始打了起來。

不過，一邊是不擅長武藝的貴族，一邊是假裝壞蛋的劇團成員。

在我們眼前上演了一場像是由三流演員演出的打鬥場景後，第三位帥哥不意外地獲勝了。

「給我記住！」

打輸的壞蛋們，逃跑似的離開現場。

「「「「……」」」」

看完這場怎麼想都是演戲的架後，我們什麼話都說不出來，只能呆呆站在原地。

「卡琪雅小姐，妳沒事吧？」

「我本來就沒被怎樣……」

真要說起來，那些人根本就無法撞到卡琪雅。

怎麼可能會有事。

「真是一場不幸呢。」

「呃，沒什麼啦……」

因為並沒有真的遇上麻煩，所以卡琪雅也只能這麼回答。

「對了！我家剛好就在附近。要不要去休息一下？」

這才是第三位帥哥真正的目的。

「（威爾，我累了。）」

「（嗯……）」

至少可以再做得自然一點。

真希望他們能稍微體諒一下我們這些得連看好幾場蹩腳戲的人。

「不用了，我們已經買好東西，要準備回去了。」

艾莉絲看起來也差不多累了。

她罕見地硬是打斷第三位帥哥說話，直接回到鮑麥斯特伯爵官邸。

「我們才是真正遭遇不幸的人。」

「怎麼每個傢伙都這樣，至少也稍微練習一下演戲吧。」

雖然其實東西還沒買完，但如果每天出門都會遇到這種事，未免也太累了。

艾莉絲將沒買到的東西列出清單，拜託多米妮克幫忙買。

那些拚命想讓卡琪雅喜歡上自己的帥哥，把我們搞得非常疲憊，害所有人都無力地癱倒在家裡客廳的沙發上。

比起肉體，還是精神方面更加疲憊。

「卡琪雅，這樣實在太麻煩了，妳要不要乾脆從他們當中挑一個結婚？」

「誰要挑啊！」

卡琪雅似乎不滿意那些帥哥，激動地回應露易絲的玩笑話。

「話說回來，那些人演得還真差。」

雖然他們努力營造出能夠偶然結識卡琪雅的狀況，可惜每個人的演技都不夠好。

貴族子弟平常就沒在演戲，所以這也是無可奈何。

「還沒結束呢。」

薇爾瑪以眼神示意我們看向屋外，除了剛才那三個人以外，還有許多想讓卡琪雅喜歡上自己的傢伙在外面遊蕩。

「因為他們知道自己打不贏卡琪雅小姐……」

「貴族實際上可沒那麼強啊。」

薇爾瑪開始向卡特琳娜說明那些人為何會那麼拚命。

「即使是隸屬於軍方的貴族，在掌管軍政的家族中還是有很多人荒廢武藝。認真習武的平民和冒險者都遠比他們強。」

「這麼說也有道理。」

卡特琳娜接受了薇爾瑪的說法，但逐漸在屋外聚集的貴族子弟們開始騷動了起來。

他們之所以沒闖進來，是因為他們姑且還是出身於教養良好的貴族家吧。

「噹啷啷～～愛的使者伊庫努庫・馮・亞爾德布雷因將獻唱愛之歌～～第一次見到妳時感受到的衝擊～～到底是什麼呢～～沒錯，就是愛～～！」

某個年輕人，突然在別人家前面彈起類似吉他的弦樂器，唱起了自創的情歌。

雖然日本以前或許有這種人，但實際看見還是讓我震驚不已。

「居然連續提到三次愛，真是有夠囉唆。」

「伊娜，我覺得那應該不是重點……」

我的想法也和露易絲一樣。

「卡琪雅——！我愛妳——！」

「聽到了嗎？」

「誰理他們啊！」

就連無關的我們聽見那首歌後，都覺得非常難為情，被人大聲示愛的卡琪雅應該更受不了吧。

而且那位貴族小哥，歌唱得有點爛。

「不過這是妳自己種下的因。」

「的確，這樣就無可奈何了。」

薇爾瑪毫不留情地說道，遙也難得表示贊同。

好不容易來到王都，她應該會希望至少能請一天假和艾爾約會吧，不過她知道這個狀況很難請假，所以對卡琪雅有些冷淡。

在這場騷動中，即使只是和我有關的人，出門也會有危險。

卡琪雅本人就更不用說了。

「經常在詩詞比賽中獲得優秀成績的布特．奧森特．馮．盧特尼亞，將為妳獻上愛之詩。第一次見到妳時，我彷彿被巨大的『火炎球』直接打中……」

「普通人被那種東西打中，應該連骨頭都不會留下來吧。」

卡特琳娜，那只是一種詩詞上的比喻，直接忽視就行了啦。

雖然我也承認那首詩寫得不怎麼樣。

「以經常在比賽中獲得優秀成績的人來說，真是沒什麼品味呢。」

「伊娜講話也好狠。」

「應該是由貴族沙龍舉辦的詩詞比賽吧。」

我曾經參觀過布雷希洛德藩侯加入的詩詞沙龍，但沒看過那個人，這表示他參加的應該是其他沙龍，那些沙龍的成員只是基於興趣寫詩，很少有人能靠寫詩餬口，所以就算只有那種程度，還是有可能在沙龍內的比賽獲得不錯的名次。

「對吧，艾莉絲？」

「想參加布雷希洛德藩侯大人隸屬的詩詞沙龍，必須滿足幾個條件，是當家或繼承人、不低的爵位、擁有領地或官職，而且還要獲得沙龍會員的引薦。」

「原來如此，我都不知道呢。」

那和我的興趣不合，所以我並沒有參加，但有些人就算想參加也不符合資格……那個明明情詩寫得比布雷希洛德藩侯還要爛，卻還在屋外大聲朗誦的年輕人，特別給我這種感覺。

「也有只要是貴族，就能加入的沙龍……」

從艾莉絲欲言又止的樣子來看，那應該是聚集了許多只能勉強算是貴族的人，感覺非常微妙的沙龍。

「原來如此！」

「是的。」

這些人透過沙龍獲得了與隧道有關的情報，然後跑來向卡琪雅宣傳自己。

「卡琪雅大人，請看一下我原創的舞蹈！熱情與愛的亂舞！」

「卡琪雅——！我想被妳的愛包圍——！」

已經沒有退路，想要一口氣逆轉的貴族子弟們逐漸聚集起來，拚命向卡琪雅宣傳自己。

話說，你們真的很喜歡「愛」這個字耶。

「真令人懷念。感覺就像之前討伐古雷德古蘭多時那樣呢。」

「是嗎，伊娜？」

「包含羅德里希先生在內，那時候外面也聚集了非常多人。」

我當時忙著在王都郊外的軍隊駐紮地，替討伐古雷德古蘭多的行動進行準備。

為了參加當時組織的諸侯軍，有許多貴族子弟聚集在這裡。

「不過這次來的主要都是走文藝路線，外貌姣好的人。」

因為武藝比不過卡琪雅，所以才想趁現在靠自己的專長一決勝負。

雖然我不是不能理解他們的心情……

「真羨慕卡琪雅那麼受歡迎。」

「露易絲！妳其實一點都不羨慕吧？」

「那當然，外面那些都是光走在一起就會讓人覺得難為情的傢伙，而且我已經有威爾了。」

「我也討厭那些傢伙啦！」

卡琪雅詛咒自己面臨的不幸，但隔天那些武藝贏不過卡琪雅的文系青年、帥哥和想要碰運氣的貴族子弟們，仍繼續在屋外宣傳自己，導致卡琪雅除了在庭院和伊娜她們進行戰鬥訓練時以外，都不肯踏出房子一步。

第七話　終於到了武藝大會當天

「這一個星期總算過去了。這樣以後就不用再見到那些不曉得是在表演還是在演短劇的傢伙了。」

雖然這場騷動的罪魁禍首卡琪雅，每天都開心地在庭院裡鍛鍊。

「威爾每天都忙著進行隧道工程直到傍晚，所以那些宣傳自己和表演才藝的傢伙，根本就沒打擾到你吧。為什麼不把我一起帶去隧道工程的現場擔任護衛啊？」

「要是卡琪雅出了什麼事就麻煩了，所以不能減少這裡的護衛。羅德里希會派家臣到工程現場保護我，所以我才一個人飛去那裡啊。」

「這棟房子除了那些中年男傭人以外，就沒有其他男性了。就算外面是那個樣子，艾莉絲她們和遙小姐只要大家聚在一起，就能過得很開心，但我可是無事可做，無聊得要死。因為我必須擔任卡琪雅的護衛。」

雖然明天就要舉辦武藝大會，但這六天發生了不少辛苦的事情。

屋外聚集了許多貴族子弟……而且都是些對武力沒自信的傢伙……拚命地想和卡琪雅接觸，或是吸引她的注意。

儘管他們在太陽下山後就會離開，但這六天來，每天都有人在外面訴說愛意、念自己寫的詩、唱歌、跳舞，或是強調自己的美貌，搞得就像是藝人選秀會一樣。

不過我每天白天都要去鮑麥斯特伯爵領地，在隧道附近用魔法施工，所以沒什麼機會看見那些人。

羅德里希在得知這項情報後，就趁機擬定了嚴苛的開發計畫，一直將我使喚到傍晚。

但晚上還是會讓我回來這裡。

能將主人使喚到這種程度的家宰，某方面來說算是滿厲害的。

同時，我到現在還無法徹底擺脫被人使喚的習慣。

「工程進展得還順利嗎？」

「託你的福，還算順利。」

首先是徹底移除隧道的砂石，整頓出入口附近的土地，準備之後蓋檢查站、休息處和教會。

在相對離隧道比較近的保羅哥哥的領地，也會蓋給隧道使用者住宿的旅館。

除了對建築預定地進行整地以外，還要整頓從隧道延伸出去的街道……因為會從隧道一路延伸到鮑麥斯特伯爵領地各地，所以距離相當長。

再加上還得利用零碎時間進行各種小規模工程，所以我這六天過得非常忙碌。

即使如此，不用在家裡看奇怪的貴族唱難聽的歌和跳糟糕的舞，已經算很幸運了。

「威爾，你……就算是不想回來這裡……」

「別講得那麼難聽啦！」

我又不是有回家恐懼症。

只是不太想和卡琪雅與纏上她的那些麻煩貴族扯上關係，以及工作剛好排得很密集而已。

雖然感覺有點工作過度，但這也是前日本人的習性。

反倒是艾爾這六天來都在擔任卡琪雅的護衛，看起來很閒的樣子。

「我又不是自己希望這麼空閒。是威爾要我不能離開卡琪雅的吧。」

「你這樣講，我就無話可說了。」

「明天這些麻煩事就結束了，今天是最後的晚餐。」

明天就要舉行武藝大會，打贏卡琪雅的貴族將入贅奧伊倫貝爾格家，只要依靠那個貴族老家的力量管理隧道，就總算能夠解決與隧道有關的問題。

我和艾爾一到廚房，就發現艾莉絲她們開心地在那裡準備晚餐。

雖然還有幾個人在外面宣傳自己，但女性真的非常堅強。

她們很快就學會了怎麼忽視和不去在意那些人。

「艾莉絲的廚藝真好。我只會做老家的鄉土料理，還有冒險者那些草率的野外料理。」

「要不要從基礎開始學習呢？」

「就這麼辦吧。等結婚以後，還是會多做幾樣菜比較好。這裡提供的料理真的都很好吃呢。」

卡琪雅似乎對鮑麥斯特伯爵家準備的料理非常滿意。

她現在也在幫忙艾莉絲她們，想多學幾道料理。

「是打算用料理吸引未來的老公嗎？雖然老套，但非常有效呢。那麼，本宮也替未來作準備，試著努力看看吧。」

對非當事人來說，這次的騷動是個開心的活動，只是一種娛樂。

在這件事傳開後，許多貴族、貴族身邊的人，和想要觀戰的平民們都聚集到了王都，明明武藝大會還沒開始，卻已經出現許多嗅到商機的攤販。

從王都郊外來到這裡的客人增加，生意人們也因為營業額提升而歡呼。

在那些觀光客中，也包含了今天被我從鮑爾柏格帶來這裡的泰蕾絲。

她之前一直待在鮑爾柏格，所以才想來王都觀光，順便觀賞武藝大會。

泰蕾絲本來說要自己找住的地方，但考慮到她的立場，我們當然必須保護她，讓她住在王都的鮑麥斯特伯爵官邸。

「咦？妳的廚藝比我想像中好呢……」

卡琪雅當然也知道泰蕾絲的來歷。

前大貴族居然會做料理，而且廚藝還比自己好，這讓卡琪雅驚訝不已。

「本宮現在多得是時間學習料理。而且本宮還有個可靠的老師。」

「我也很高興能有這麼優秀的學生。」

我也把亞美莉大嫂和泰蕾絲一起帶來了王都。

其實亞美莉大嫂明天預定要和我的姪子們見面，然後一起參觀武藝大會，所以我今天把她也帶來了。

我知道她有在教泰蕾絲料理，但看來我不在的時候，她們的感情變得相當好。

因為她們都是二十幾歲的長輩，所以意氣相投嗎？

如果說出口可能會挨罵，所以還是把這句話留在心裡好了。

「鮑麥斯特伯爵大人，這些都是你的夫人嗎？人數還真多。」

「是嗎？以伯爵來說，這算普通吧。」

卡琪雅一問，泰蕾絲就露出像在說「有需要這麼吃驚嗎？」的表情。

泰蕾絲以前是公爵，並認識許多帝國貴族，所以她覺得我的妻子人數還在平均值內。

其實泰蕾絲和亞美莉大嫂對外的名義都不是我的妻子，泰蕾絲甚至不算是我的愛人，但泰蕾絲似乎刻意不去澄清這點。

「雖然我有這方面的知識，以前委託我的貴族，也有很多人是這樣，但我家只有我媽一個人。」

卡琪雅的父親奧伊倫貝爾格卿只有娶一個妻子，她的哥哥也只打算娶自己的青梅竹馬為妻，所以卡琪雅在看到有很多妻子的貴族時，或許會覺得怪怪的。

不過真正的貴族，本來就會有許多妻子。

「果然是我爸太特別了……」

「是啊。畢竟正妻也可能生不出小孩。再加上貴族家之間的連繫，騎士爵至少要娶兩個妻子，然後其中一人通常是名主或商人的女兒，這樣才能排出順位。」

「然後多出來的孩子，就會離開家裡嗎？雖然我是自願成為冒險者，但應該有許多貧窮貴族的小孩，是被迫成為冒險者吧。」

「畢竟小孩子的數量很難生得剛剛好。」

比起後來發現才生太少，不如一開始就多生一點。

既然可能會有孩子病死，貴族家為了保險起見，當然會多生幾個孩子。

「前公爵大人說的話就是不一樣。所以才能成為鮑麥斯特伯爵大人的愛人吧。」

「咦？」

「喔，已經傳出那樣的謠言啦。」

我被卡琪雅的發言嚇了一跳，但泰蕾絲的表情看起來很開心。

「傳得很凶喔。據說在帝國內亂中大為活躍的鮑麥斯特伯爵大人，將以前和新皇帝陛下競爭帝位的前菲利浦公爵當成戰利品帶回來，藏在自己家裡。」

「呃，只是因為各種政治因素，才把她交給我照顧而已……」

卡琪雅說的那些謠言，讓我不斷冒出冷汗。

話說回來，我根本就還沒對泰蕾絲出手。

「最常見的謠言，就是這種認為官方說法與現實不符的形式。而且有時候謠言反而更接近真相呢。」

卡琪雅說完後，看向亞美莉大嫂。

「我啊……雖然被人說了許多閒話，但並不在意喔。」

世人似乎也認為亞美莉大嫂是「代替暗殺弟弟失敗的丈夫，獻出自己的身體賠罪」。

我也像個大明星般，被傳了許多謠言。

幸好這個世界沒有八卦節目。

「我現在過得很開心，所以覺得無所謂。而且也交到了新朋友。」

「是啊。」

我們經常要到晚上才能回家。

為了找留在家裡的亞美莉大嫂學習料理，泰蕾絲變得經常出入我家，兩人也因此變成朋友。

某方面來說，兩人的境遇非常相似，所以感情一下就變好了。

「先不管將來怎麼樣，本宮現在只是個食客。」

「我個人是覺得反正鮑麥斯特伯爵大人很會賺錢，所以多娶幾個老婆也無所謂。冒險者當中也有不少人是三妻四妾。我也看過身邊圍繞著許多年輕帥哥的女冒險者。」

雖然不像男性那麼多，但多夫一妻的狀態並沒有違法。

在厲害的女冒險者和商人當中，也有一些人是這樣。

我是沒實際見過啦。

「我的哥哥也一樣……雖然不用像鮑麥斯特伯爵大人那麼誇張，但他大可像個貴族般，多娶幾個老婆。」

卡琪雅認為就算是青梅竹馬，如果只娶一個名主的女兒，或許會害奧伊倫貝爾格家被其他貴族瞧不起。

「卡琪雅小姐討厭瑪莉塔小姐嗎？」

卡特琳娜是魔法師，沒和卡琪雅打過模擬戰，但兩人現在還是變得比以前有話聊，所以她才會直接這樣問卡琪雅。

「並不是討厭。我和她也是青梅竹馬，以前也曾經每天一起務農。她是個很好的人，但終究是名主的女兒。我希望她讓哥哥娶貴族當正妻，自己以側室的身分生下名主家的繼承人。」

「原來如此。不過，與其說法伊特先生看起來沒那麼好色……不如說他是那種只要有一個妻子就會滿足的類型……」

我也這麼覺得。

而且我也懷疑奧伊倫貝爾格家能不能突然變得那麼像貴族。

「卡特琳娜也這麼覺得啊。真是的，哥哥明明是貴族家的繼承人……」

卡琪雅就是因為覺得哥哥太不可靠，才會展開行動。

她並不是討厭哥哥，只是太過擔心他。

「再來就是招親用的武藝大會了。不過，真的有年輕貴族能夠戰勝卡琪雅嗎？」

「至少會有一個人吧。」

王國有超過三千個貴族家。

不可能沒有任何人符合卡琪雅的條件……至少卡琪雅本人是這麼想。

「本宮倒是心裡有底。」

「不能派伊娜她們上場喔。她們是女孩子。」

艾爾雖然能和卡琪雅打成平手，但還是贏不了她，而且我也不打算放棄艾爾。

他本人應該也不想管理隧道。

贏得了她的遙、伊娜、露易絲和薇爾瑪都是女性，所以無法成為卡琪雅的夫婿。

「這本宮當然明白。只要讓近在身邊的威德林挑戰卡琪雅，就能獲勝了吧。」

「我是貴族家的當家，不符合參賽資格。」

「或許是這樣沒錯，但本宮覺得這是最好的解決方法。」

「最好的解決方法啊……」

泰蕾絲這傢伙，居然在這種時候說出這麼不得了的話。

雖然她做的料理看起來很好吃，但她的想法太辛辣了。

「如果本宮是站在和威德林或布雷希洛德藩侯一樣的立場，也會跟著煩惱利益分配和政治勢力均衡的問題，但幸好本宮現在的身分非常輕鬆。所以可以輕鬆地說既然找到隧道的人是威德林，那你大可獨占所有權利，只要另外在利庫大山脈南側替奧伊倫貝爾格家準備一塊替代的領地就好。」

這麼做確實最簡單，不過還得考慮布雷希洛德藩侯與其他貴族的事情。

我一個人獨占太多利益，也不太妥當。

「你怕樹大招風嗎？現在才這麼想也太晚了。威德林這棵樹，早就高到什麼風都吹不倒了。」

我不得不說泰蕾絲比喻得非常貼切。

「短期之內，應該不會有貴族敢公開與威德林為敵。因為如果這麼做，一定會被你們殲滅。」

泰蕾絲斷定因為我立下了壓倒性的功績，所以暫時應該不會有貴族敢公開找我麻煩。

「之前那是叫赫爾塔尼亞溪谷嗎？只要跟那裡一樣，和王家與警備隊分攤經費，就能讓王家當你的靠山了。」

「不過也要考慮到布雷希洛德藩侯的立場……」

奧伊倫貝爾格騎士領地周圍全都是布雷希洛德藩侯領地。

所以也必須顧慮到這一點。

「你們的關係不是很好嗎？只要事先商量一下就行了吧。真是的，布蘭塔克居然會沒想到這招……只要在開發隧道出入口時保留一些餘地，將必要設施分配到隔壁的布雷希洛德藩侯領地，他就會接受了吧。」

「唔……居然還有這招……」

雖然輸給了彼得，但泰蕾絲真不愧是曾經差點當上皇帝的人。

在我們議論的期間，她已經想出了這麼棒的方法。

「不過也可以說是因為本宮是從不需要負任何責任的角度觀察狀況，才會想到這個方法。」

原來如此，或許以前的國王就是因為這樣，才會在身邊安排一個小丑。

要客觀又正確地掌握自己的立場，然後做出最佳的判斷，並不是件簡單的事。

「希望不會發生沒人能在武藝大會上贏過卡琪雅的悲慘狀況。」

「怎麼可能。」

「好了好了，複雜的話題就到此結束，既然大家都各自做了料理，就來開心地用餐吧。」

「亞美莉大嫂，妳說得真是太有道理了。」

「你真的把亞美莉當成了姊姊呢。」

雖然我們不是真正的姊弟，而且還是偶爾會做那種事的關係。

「真是令人羨慕的關係。本宮每天晚上也都很閒，威德林，等這場騷動結束後，你再好好考慮一下吧。」

「哈哈哈……」

艾莉絲她們就在旁邊……雖然我是這麼想，但她們似乎沒注意到泰蕾絲的發言，若無其事地開始上菜。

「哇喔！真有大貴族的感覺！」

「既然如此，卡琪雅要不要一起加入？本宮覺得這樣也不錯喔……」

「咦？我嗎？呃，我會自己找夫婿……」

泰蕾絲大膽的邀請，讓卡琪雅羞紅了臉，聲音也愈變愈小。

看來與她身為冒險者的實力和充滿行動力的性格相反，她非常不擅長男女關係。一直遠離這些事情，一定也對她魯莽的性格造成了影響。

「好久沒吃到這麼豐盛的大餐了。」

「艾爾先生，明天還要準備便當。所以我和艾莉絲大人她們約好吃完晚餐後，要一起做便當呢。」

「那真是太令人期待了。」

「我會做很多艾爾先生喜歡的菜。」

「太好啦——！」

在這段期間，艾爾和遙又進入兩人世界，一起享用晚餐。

我們度過愉快的晚餐時光，然後，明天終於要舉辦決定卡琪雅夫婿的武藝大會了。

隔天早上，武藝大會總算在王都的競技場展開。

會場聚集了許多王族和貴族子弟，大家都鼓起幹勁，想打敗卡琪雅成為她的夫婿，獲得隧道的權利。

他們好歹都是想靠武力擊敗卡琪雅的人，應該比之前聚集在屋外的那些人好吧？

「艾爾，你覺得如何？」

「嗯——看起來都沒什麼希望。」

「咦？沒希望嗎？」

「最好別太期待比較好。」

「一開始就突然遇到挫折啊……」

艾爾立刻開始評估出場者的實力。

我們並不是瞧不起人，只是如果都沒人能打贏卡琪雅，我會非常困擾。

如果這次沒有人贏，在最壞的情況下，我可能又得照顧卡琪雅，直到她再次聚集到足夠的參加者。

這麼一來，那些怪人又會開始在我家前面宣傳自己，不想看見他們的我，又會被羅德里希抓去工作。

為了避免陷入這種惡性循環，我希望艾爾能找到有勝算的參加者，但結果並不理想。

「大家都很有幹勁呢，雖然感覺是在白費力氣。」

大家都想取得隧道的權利，情緒十分激動。

這也關係到其他族人的生計，所以他們都很想成為卡琪雅的夫婿。

為了替接下來的實戰做準備，大家都拚命在競技場內練習。

陛下已經下達許可，在武藝大會開始前，開放競技場給參加者練習。

按照規則，參加者只能自己揮劍，不能找代理人，但艾爾看完那些參加者後，露出苦悶的表情。

「都沒有可能贏得了卡琪雅的騎士團成員參加嗎？」

「那種人就算打贏了，老家也沒能力派人去管理隧道啦。瓦倫師傅應該打得贏，但他不會參加吧。」

有勝算的人無法提供管理隧道的人手，能夠提供人手的貴族子弟看起來都贏不了卡琪雅。

艾爾發現這件事後，嘆了口氣。

「畢竟那個野丫頭很強。」

「厲害的冒險者，實力不可能弱到哪裡去吧。」

「因為參加人數很多，所以就算有一個人贏得了卡琪雅，也不會遭天譴吧。」

「又不是參加者多就好。你以為是比抽籤啊。」

艾爾看向那些在正式上場前做最後練習的參加者，再次嘆了口氣。

不管再怎麼樂觀地看待，都沒有人能贏得過卡琪雅。

「艾爾先生，在意這些事情也沒用。」

「說得也是。」

不過遙一向他搭話，他就突然變得有精神了。

「我準備了便當喔。」

「謝謝妳，我好開心。」

吃著未婚妻親手做的便當觀賞比賽，艾爾已經完全變成一個現充了。

到最後……

「艾爾文，那些身分高貴的參加者有希望嗎？」

「瓦倫師傅，你今天休假嗎？」

「是啊。最近都沒陪孩子出門。所以我帶他們出來玩，順便觀戰。」

瓦倫先生也帶著妻子和孩子們一起來看武藝大會。

漂亮的妻子，以及一男一女的小孩，真是耀眼到讓人無法直視的現充家族。

我真的覺得。

這種人就是所謂的人生勝利組。

「我是艾爾文大人的未婚妻，遙．藤林。」

「原來如此……妳看起來實力不錯呢。」

瓦倫先生僅憑遙的姿勢，就看穿了她的實力。

不過話說回來，介紹未婚妻的弟子，以及帶家人出來玩的師傅，這只能用現充集團來形容了吧？

「你還是一樣會因為奇怪的事情感到不爽呢。」

坐在旁邊的布蘭塔克先生，對我投以奇妙的視線。

「鮑麥斯特伯爵，感謝你讓我們進來包廂坐。」

這次我也為了宣傳鮑麥斯特伯爵家的名號，預約了包廂。

布雷希洛德藩侯帶了菲莉涅一起過來，布蘭塔克先生則是擔任他們的護衛。

除此之外，埃里希哥哥和赫爾穆特哥哥也都帶了家人一起過來，導師也馬上就吃起了艾莉絲做的三明治。

「變得愈來愈像度假了……」

伊娜有些傻眼地說道，但接下來只能祈禱卡琪雅順利找到夫婿，同時享受這個難得的休假了。

「瓦倫先生沒有參加吧。」

「我嗎？我沒參加喔。雖然如果參加應該會贏。」

雖然自己沒有出場，但如果出場就會贏。

這絕對不是在吹牛，如果真的打起來，就算是卡琪雅也贏不了瓦倫先生。

「明明能贏卻不出場啊。這是個好機會吧。」

「我是純靠劍術爬到近衛騎士團中隊長的位子。既無法確保維持隧道的人員，也不懂怎麼管理和營運。更重要的是，我不能離開陛下身邊。」

這就是這場武藝大會的難處。

實力比卡琪雅強的貴族子弟，其實不在少數。

不過就算舉辦武藝大會，他們也不會來參加。

反過來看，擁有能夠管理隧道的人脈和能力的人，都無法靠自己的力量打贏卡琪雅。

這讓我開始擔心起這場武藝大會，到底會不會出現勝利者了。

該不會明天我家外面，又要聚集一堆怪人了吧？

「她在這一個星期裡，變強了很多呢。」

「咦！看得出來嗎？」

「畢竟我之前就見過卡琪雅大人。」

據瓦倫先生所言，近衛騎士團的其中一個任務，就是掌握厲害冒險者的實力。

「如果那樣的強者在王都鬧事，一般的警備隊根本無法逮捕他們，這時候就會派遣近衛騎士團的騎士。如果事前就能知道那些強者的實力，任務的成功率也會跟著提升。雖然很少發生這樣的事。」

基於工作性質，瓦倫先生幾乎掌握了所有知名冒險者的實力。

「與其說是變強了，不如說是技術變好了。」

卡琪雅在離武藝大會參加者們有段距離的地方做熱身運動，但瓦倫先生馬上就看出她的動作和以前不一樣了。

「呃，因為她和艾爾他們進行了為期約一個星期的模擬戰訓練。」

「原來如此。」

「這很不妙嗎？」

要是卡琪雅在那種情況下說想外出會很麻煩，所以我才答應她在庭院裡訓練，但這或許是個失策。

「明明必須要有人能贏過她，你怎麼還讓她變強了！」我本來以為瓦倫先生會這樣責備我。

「不，這沒什麼問題。反正就算她的實力沒變，現場應該也沒人能贏她，不如說那些人可能連卡琪雅大人在這一個星期裡有變強都不知道，之後也不會發現吧。」

對劍術非常嚴格的瓦倫先生，將參加者們評得一文不值。

的確，就算是一個星期前的卡琪雅，應該也不可能輸給他們。
在我家外面宣傳自己的那些傢伙，則是從一開始就放棄在武藝大會中獲勝，這讓我開始擔心起王國的國防了。
「有好好在鍛鍊自己的人，不會參加這種武藝大會。來這裡的都是些披著慾望外皮的傢伙。只能祈禱奇蹟發生了。」
「奇蹟應該沒那麼容易發生吧……」
艾爾說得很有道理，其他人也露出贊同的表情。
「所謂的奇蹟，就是因為很少發生才叫奇蹟。（這怎麼行！）」
連瓦倫先生都跟著掛保證了。
而且還是以最壞的形式。
「艾爾，你要不要現在去參加？」
「誰要參加啊！」
果然被拒絕了。
從明天開始，又要看那些怪人宣傳自己啦……怎麼辦？
在我們討論的期間，武藝大會開始了，就算是卡琪雅，也無法獨自應付全部的人。
所以為了縮減挑戰者人數，會先舉行預賽。
只有八個人能和卡琪雅戰鬥。在經過嚴格的抽籤後，預賽將以淘汰賽的方式舉行……

「瓦倫師傅，真是太慘了。」

「畢竟原本就是一群不需要磨練劍術的人。」

眼前的比賽，簡直就像是一群人在跳蹩腳的舞蹈。

至今都沒好好練過劍的人，不可能只花一個星期就變成高手。

毫無緊張感的比賽持續進行。

不對，那些選手都是非常認真在比賽，只是看不太出來而已。

「那個人的實力還可以呢。」

「遙小姐，他贏得了『神速』嗎？」

「不行吧……」

「如果實力不到能夠贏得了卡琪雅大人的程度，就沒有意義了。」

只要和劍術有關，瓦倫先生就會變得非常嚴格。

「啊。」

「鮑麥斯特伯爵，怎麼了嗎？」

「那個人拿的劍。」

「是把不錯的魔法劍呢。」

我不太懂劍的好壞，但從其中一位參加者的劍上感覺到魔力。

那把劍和帝國的魔劍與遙的魔刀很像，從那古典的設計來看，應該是古代魔法文明時代的珍品吧。

他們好歹也是貴族，所以也有人擁有那樣的武器。

「不過就算擁有寶劍，也不一定能獲勝。」

「是啊，必須要會靈活運用，才能發揮魔法劍的價值。」

「給實力不怎麼樣的人拿也沒意義。」

瓦倫先生、遙和艾爾，對連腰都打不直就在揮魔法劍的參加者發表辛辣的感想。

日本有句俗話叫「善書不擇筆」。

即使讓拿魔法劍的外行人和拿木刀的高手對決，最後還是高手會贏。

如同三人的預測，拿魔法劍的參加者後來輸給了實力比他略強的對手。

「魔法劍根本就沒意義！」

後來又出現了幾位只有拿的劍可取的參加者，但他們全都沒通過預賽。

「唉，他們可能是想用武器彌補自己的實力，但其實會準備魔法劍的人，實力通常都不怎麼樣。」

「大概只有武器店會賺到錢吧？」

「是啊。」

瓦倫先生輕鬆回答艾爾的問題。

在那之後，沒什麼看頭的預賽持續進行。

艾爾、遙和瓦倫先生都認真地在看比賽，但有些觀眾已經放棄這麼做了。

「噗哈——！王都比帝國暖和很多。看來還是別把瑞穗酒加熱比較好。」

「在內亂經歷的辛苦沒有白費呢！這樣就多了一個能買到好酒的門路！」

布蘭塔克先生和導師大白天地，就在鮑麥斯特伯爵家專用的包廂裡喝酒。

他們還另外準備了毛豆、冷豆腐、冰鎮番茄、鹽漬烏賊和竹筴魚乾當下酒菜，這些全都是來自瑞穗公爵領地的進口貨。

雖然帝國給的賞賜是二十年分期付款，但相對地，我們也獲得了能自由購買瑞穗伯爵領地商品的權利。

只要先估價和下單，等獲得許可後，帝國政府就會幫忙處理我們的要求。

布蘭塔克先生和導師都趁機以個人進口的方式，擅自從瑞穗公爵領地購買了許多產品。

我們擁有特權，只要不是特別貴重的東西，都能自由購買。

就算是貴重物品，只要拜託瑞穗公爵，他就會幫忙通融。

人果然不能沒有戰友。

「菲莉涅，不可以成為那種大人喔。」

「父親大人，喝酒要等成年以後，而且只能在晚上喝適當的分量。」

「沒錯。我今天去新開的店買了蛋糕，一起吃吧。」

「好。」

布雷希洛德藩侯溺愛著自己的第一個女兒菲莉涅，讓她坐在比繼承人的兒子還要靠近自己的座位。

他今天也和她一起吃著蛋糕看比賽。

「導師，那個食物看起來好奇怪。」

「嗯。是遙遠北方的物產。菲莉涅也要吃嗎？」

「好。」

即使如此，菲莉涅果然還是很喜歡導師。

她找導師聊天，從他那裡拿到了水煮毛豆。

「瑞穗公爵領地產的食材大多都很美味，可惜因為流通量少，所以價格都非常昂貴。」

「因為他們的領地變大了，所以似乎有打算要增產。」

「看來我也得找時間去打個招呼了。」

不曉得為什麼，只因為我們喜歡瑞穗食物，這東西就在王都周邊和部分大貴族的領地掀起了一陣風潮。

因為有益健康，所以也廣受女性歡迎。

不過由於流通量非常少，價格也跟著水漲船高。

只有可以直接進口的我們，能夠以相對便宜很多的價格享用瑞穗食物。

「這樣內亂時的辛苦，也算是值得了。」

在鮑麥斯特伯爵家專用的包厢裡，還有另一群人完全沒在看比賽，只顧著玩樂和享用餐點與茶。

「小卡爾，要一口氣！並且慎重地拿出來！」

「哥哥的手指在抖，要先冷靜下來才行。」

「希望你拿不出來呢。不然接下來就輪到我了。沒辦法再拿了！一定會倒！」

我們也沒在看比賽，將注意力都放在遊戲上。

・為了讓亞美莉大嫂與姪子們見面，我用「瞬間移動」將小卡爾和奧斯卡帶來這裡，然後我們就和埃里希哥哥與赫爾穆特哥哥的家人們，一起玩某個桌上遊戲。遊戲內容是用尺寸相同的長方形積木疊成一座塔，然後大家輪流在不弄倒塔的情況下，用單手從底下取出積木往上疊。

這個世界原本沒有這種遊戲，是我指示領地內的木匠做出來的。

艾莉絲和亞美莉大嫂則是幫我們準備茶和餐點，看著我們玩遊戲。

「呼……順利拿出來了。」

「太好了，小卡爾哥哥。」

「接下來輪到我……」

「露易絲，妳可以直接投降喔。」

「我才不投降。根據我的計算，有百分之三十的機率能成功拿出來。接下來輪到威爾，所以只要集中精神……」

在已經高到非比尋常又傾斜的積木塔前，露易絲開始集中精神……然後以迅雷不及掩耳的速度抽出積木。

「成功了！」

積木塔只有略微傾斜，但沒有倒下，是露易絲賭贏了。

最糟糕的是，接下來輪到我。

「根據我的計算……成功率連百分之一都不到！」

「威爾，用魔法把積木冰起來算犯規喔。」

「我才不會做那種破壞氣氛的事情！」

我慎重地用抖個不停的手指抽出積木，但在成功之前，已經到達極限的積木塔就倒了。

「果然失敗了——！」

「威爾這樣就五連敗了。」

「埃里希哥哥，不是我太弱，單純只是運氣不好。」

「不管是哪種原因，感覺都不怎麼令人高興呢……」

絕對不會陷入不利的男人埃里希哥哥，也讓長子約恩坐在自己的大腿上，一起參與遊戲，但他目前一次都沒輸過。

我的運勢果然與一般人不太一樣。

「我單純是因為排在威爾後面，所以才沒有輸。」

讓剛出生不久的長子阿萊克西斯坐在自己腿上的赫爾穆特哥哥，因為是排在我後面，所以一次都沒把積木塔弄倒。

雖然是非常單純的遊戲，但多人一起玩就會變得很熱鬧，我之前委託的木匠所屬的工房，也開始準備量產了。

他似乎打算在被其他人抄襲前，一口氣大賺一筆。

「像這樣的假日也不錯呢。我的岳父還沒退休，所以比較好請假。」

「我是以名譽貴族的身分在政府上班，所以算好請假吧？要是保羅哥哥他們也能來就好了……」

保羅哥哥的領地在隧道出入口附近，所以正忙著建設旅館區。

赫爾曼哥哥也開始正式將領地內生產的蜂蜜酒，當成特產販賣，所以他正忙著增加生產設備，今天沒辦法來。

「大家遲早會有機會再聚吧。」

「說得也是。」

「那個……主人？」

名義上是我家侍女長的亞美莉大嫂，似乎有事找我。

雖然她在家裡都是叫我「威爾」，但有別人在時，都是稱呼我為「主人」。

「亞美莉大嫂，怎麼了嗎？」

「不看比賽沒關係嗎？」

那些拚命戰鬥的參加者們都有一定程度的地位，所以亞美莉大嫂才會覺得應該要好好觀戰。

「沒有看的價值。」

所以我也只有剛開始的時候看一下。

「亞美莉大嫂，就算認真觀戰，也不會突然出現能贏過卡琪雅小姐的人。」

「坦白講，看起來也不怎麼有趣。」

我、埃里希哥哥和赫爾穆特哥哥，都覺得把時間用在陪孩子與姪子玩上面，會比較有意義。

「他們的劍術，對小卡爾和奧斯卡來說應該有參考價值吧？」

身為兩人的母親，考慮到這方面的理由，亞美莉大嫂覺得還是應該要好好看比賽。

「小卡爾和奧斯卡的劍術啊……」

我看向瓦倫先生，他注意到這裡後，便開口說道：

「雖然時間不長，但我也有稍微看過他們練劍的狀況。」

「瓦倫大人有看過嗎？」

考慮到瓦倫先生的行程，應該沒多少人有機會讓他指導劍術。

亞美莉大嫂也明白這點，所以才嚇了一跳。

「畢竟是鮑麥斯特伯爵大人的請求，所以多少還是能通融一下。」

瓦倫先生也很擅長指導人。

他只要花約一個小時的時間看別人練習，就能設計出最適合那個人的課程和訓練清單。

所以他在休假時，也靠當家教賺了不少錢。

他的顧客都是大貴族家，所以報酬當然非常豐厚。

這就是所謂的「一技在身，受用無窮」啊。

「與其看好幾個小時蹩腳的比賽，不如請瓦倫先生指導一個小時還比較有幫助。」

這點也適用於魔法。

師傅、布蘭塔克先生和導師的指導都很有幫助，但其他魔法師的魔法都沒什麼參考價值。

與其這樣，不如看以前的魔法師寫的書還比較有幫助。

「感謝您對小卡爾和奧斯卡如此費心。」

「請別在意。」

亞美莉大嫂在這方面果然是個母親。

她深深向瓦倫先生行了一禮。

「瓦倫先生，預賽的情況怎麼樣？有戲劇性地出現令人意外的黑馬嗎？」

「很遺憾，看來隧道暫時是無法開通了吧？陛下在看過參加者名簿後，也嘆了口氣。對了，還有人作弊呢。」

有幾名參加者找來有勝算的代理人變裝，企圖讓他們代替自己出場，結果害自己失去資格。

他們採取的方法也是千奇百怪，有的是使用魔法道具，有的是請劇團的化妝師細心地化妝。

那些人當然馬上就被拆穿，失去參加預賽的資格。

「明明是還算有名的貴族，卻認真地以為不會被發現，工作人員們也都非常困惑呢。」

「還有人使用魔法道具啊？」

「只要用了變裝用的魔法道具，馬上就會被王宮的魔導師們識破。反倒是委託劇團的化妝師幫忙的那些人，比較不容易被看穿呢。」

即使能靠魔法道具達成完美的變裝，還是會讓無法使用魔法的人周圍持續有魔力流動。就算只有微量的魔力在流動，訓練有素的魔法師還是能夠輕易看穿。

「這麼說也有道理。」

「即使能逃過我們的監視，可能還是無法解決實力的問題。」

之後過了約一個小時，總算選出八名通過預賽的選手。

這八名參加者，將依序挑戰卡琪雅。

不過瓦倫先生斷言這八個人，全都不是卡琪雅的對手。

「如果都沒有人贏，要怎麼辦才好？」

「不曉得陛下是怎麼想的……」

如果情況陷入泥沼，就要看陛下如何決斷了。

國王擁有一定的權力，很多事情最後都是以「唉，既然陛下都這麼說了……」做結。

「那八個人當中，也有朕的姪子。希望他能夠獲勝……」

「陛下！」

三個用兜帽遮住外表的人走進我們所在的包廂，我本來以為是有貴族想來私下打招呼，沒想到來人是陛下與兩名護衛的騎士。

我本來聽說他今天不會來競技場，所以沒想到他會特地變裝潛入我們的包廂。

「陛下。」

「瓦倫，朕今天放假，所以不必多禮。如果上面的人不休息，底下的人也無法休息呢。」

兩名護衛的騎士是瓦倫先生的部下，他們對瓦倫先生行了個注目禮後，就守在陛下的兩側。

「陛下，您今天微服出巡嗎？」

「朕剛才也說過，朕的姪子今天會出場。雖然希望他能獲勝，但如果朕公開替他加油，或許會有人胡思亂想，做出不必要的行動。」

這麼一來，或許會有人誤以為陛下希望自己的姪子成為卡琪雅的夫婿，導致有貴族對奧伊倫貝爾格家或卡琪雅施壓，要他們「故意輸掉」。

「那個野丫頭就是預料到這點，才會在民眾的面前宣布舉辦武藝大會吧。」

這個世界目前非常和平。

如果傳出國王逼下級貴族就範的謠言，或許會嚴重敗壞他的名聲。

看來國王平時也是滿辛苦的。

「那麼，我們一起來看比賽吧。」

陛下一坐到我旁邊，就開始品嚐艾莉絲用瑞穗公爵領地的產物製作的餐點。

「雖然艾莉絲的廚藝很好也是原因之一，但這些餐點真美味呢。難怪王宮裡的貴族會傳得沸沸揚揚。」

「陛下，這時候可以搭配瑞穗酒一起品嚐。」

「克林姆啊。那麼請給朕口感辛辣的酒。」

「喔……陛下以前有喝過瑞穗酒嗎？」

「以朕的身分，要取得酒並非難事。」

陛下喝了口導師幫他倒的瑞穗酒後，導師也坐到我的旁邊，和我們一起看比賽。

「第一位選手，是汀道夫子爵家的人吧？」

「是啊。」

導師看著記載了晉級的八位選手的檔案文件，回答陛下的問題。

「你覺得如何？」

「雖然他的實力不弱……」

導師話還沒說完，第一位挑戰者的劍，就被用魔法加速的卡琪雅一擊彈開，當場落敗。

「……畢竟還只是第一個人……這樣說應該會比較好吧？」

「就當作是這樣吧，鮑麥斯特伯爵。」

接下來還有崔菲爾伯爵家的三男、林斯費爾特伯爵家的三男與古利貝爾侯爵家的四男，以大貴族的子弟來說，他們都是評價還算不錯的年輕人，不過每個人都撐不過五分鐘，就被卡琪雅打敗。

「太弱了吧！」

「貴族！你們平常那麼囂張，至少這時候該好好加油吧！」

這幾場遠遠不及本來的武藝大會精彩的比賽，讓觀眾們開始怒罵和喝倒采。

雖然感覺那些人可能會因為不敬罪遭到逮捕，但如果用這種理由逮捕平民並處罰他們，會害王國軍的名聲一落千丈，所以應該不會發生這種事吧。

另一個理由是，就算一個一個抓也沒完沒了。

「完全無法反駁呢。」

「陛下，還有更強的候補人選嗎？」

「雖然不是沒有……」

實力那麼高強的人，通常都已經結婚，所以無法參加比賽。

「考慮到那個野丫頭老家擁有的權利，贏家必須娶她當正妻才行。這麼一來，就必須讓贏家與正妻離婚，或是將正妻降為側室了……」

如果這麼做，正妻的老家當然會抗議。

而那些正妻的老家，通常也都是擁有一定地位的貴族家。

「已經走投無路了嗎……」

「所以本宮才說還是直接讓威德林打倒卡琪雅最省事。」

「這裡還有一位隱士在啊……原來如此，這確實是個好方法。」

泰蕾絲私下嘀咕，陛下聽見後表示佩服。

陛下之所以稱泰蕾絲為「隱士」，是為了讓周圍的人知道她已經退休。

「或者該說真不愧是前菲利浦公爵大人嗎？」

「陛下，本宮只是個在政治鬥爭中落敗，在退休後輕鬆度日的人物。」

話雖如此，泰蕾絲還是假裝自言自語，對陛下提出意見。

「成為當事人後，無論如何都會把事情想得太複雜。有時候必須後退一步，才能想出單純明快的好方案。或許也只有妳這位隱士，能夠想出這樣的方法。」

「陛下，現在才這麼做也太遲了。」

與其這樣，不如一開始就這麼做，還比較省麻煩。

「話雖如此，如果都沒有人贏也不太妥當。對了，圭多還沒被淘汰。先看完朕姪子的比賽，再來決定吧。」

最後一位青年，是陛下的姪子圭多。

「他是朕弟弟的兒子。」

「原來如此，聽說他在軍隊裡是個重要人物，劍術也非常優秀？」

「不，雖然他有時間練劍，但不像瓦倫那麼有才能，朕也很擔心他的未來呢。」

「咦？是這樣嗎？」

「鮑麥斯特伯爵以前還是邊境騎士爵家的八男時，日子應該過得很辛苦吧，其實王族平常也沒那麼輕鬆。」

王族會不斷增加。

而公爵家的數量有限，一旦創設公爵家，繼承權就只會在那個家裡流動。

唯一的例外，就是像海特公爵家那樣缺乏繼承人的情況。

「朕那個不肖的叔父，只是運氣好成為海特公爵家的養子。不過如各位所知，後來那個家還是毀在他的手上……」

王族會持續增加，但如果隨意創設公爵家，那不管王國的預算有多少都不夠。

「女兒能夠直接嫁給地位較低的貴族，所以相對還算是比較好處理。」

對大貴族家來說，娶王族當妻子是一件名譽的事情。

所以可以說是大家都搶著要……雖然不知為何還是會有人嫁不出去……

「不過兒子就……」

如果隨便讓王族入贅，來自王家的干涉就會變強，所以有不少貴族家都討厭這樣。

埃里希哥哥和赫爾穆特哥哥的情況，是因為雙方都是小貴族家，所以才沒發生什麼爭執。

但也只是沒王族那麼麻煩而已。

「目前姑且替他在軍隊裡找了個無關緊要的職缺，但他平常也沒什麼事做。」

陛下的姪子光是與上司和部下接觸，就會替他們帶來壓力，所以平常沒事也只能練劍。

「陛下……這樣的話……」

「像是飯桶或米蟲之類的，他私底下被罵得很難聽呢。」

陛下也回答得相當乾脆。

「雖然覺得他很可憐，但如果因為同情就增設公爵家，只會害財政崩壞。朕偶爾也得狠下心，將多餘的王族貶為平民。不過圭多是個認真又坦率的青年。身為他的伯父，朕實在很想為他做些什麼。」

「喂！以王族來說，你還滿能打的嘛！」

「可別這樣就輸啦！」

雖然瓦倫先生認為圭多先生沒有勝算，但他的劍術相當優秀。

圭多先生也是目前與卡琪雅纏鬥最久的人。

「你的實力確實不差，但我對自己的未來也有規劃！」

卡琪雅一說完這句話，就進一步提升自己的速度。

她施展出更強的「加速」。

圭多先生無法應付她的速度。

兩人的身影一交會，圭多先生的劍就被彈開，這麼一來，八位挑戰者全都落敗了。

「結果全都輸啦！」

「太弱了吧！」

「只有最後那個還算能打吧！」

「太沒用了吧！」

貴族們的悽慘表現，讓觀眾們噓聲不斷。

結果沒人能贏過卡琪雅，隧道的事情又再次觸礁。

「明天那些人又要來宣傳自己了嗎？」

「真討厭。」

我和艾爾討論著從明天開始又要持續的苦難，這時候陛下突然和兩名護衛的騎士一起走進比賽會場，在那裡摘下兜帽。

「的確，朕，赫爾穆特三十七世也覺得他們實在太沒用了！」

陛下突然登場，讓觀眾們的噓聲頓時轉為歡呼。

原來如此，真是個妙招。

「這件事已經爭執了很久，所以朕在此提出一個解決方案！」

「喔喔！」

「陛下！」

陛下向觀眾們宣布自己的決定。

這算是某種劇場型政治，觀眾們也興奮地發出更大的歡呼。

這麼做也比較不會引起閣僚與大貴族們的反感。

難怪陛下要偷偷造訪這裡。

「既然事情都變成這樣了，不如就交給那個男人如何！至今立下了許多功勞，不論是面對龍或帝國軍，都未嘗敗績的那個男人！鮑麥斯特伯爵！」

陛下一呼喚我，我就不自覺地跳進了會場。

只要接到大人物的命令，我的身體就會自己動起來，這是因為我尚未完全擺脫上班族時期的習慣。

「發現隧道的人是鮑麥斯特伯爵。既然如此，當然應該由發現者來管理！然後，卡琪雅啊。」

「是的。」

雖然被突然現身的陛下嚇了一跳，卡琪雅還是勉強應了一聲。

「妳是因為替奧伊倫貝爾格家的發展著想，才會做出這種事。朕能明白妳的心情，但這世界可沒這麼簡單。扣除像鮑麥斯特伯爵那樣的例外，每個貴族家都是花費好幾代的時間，一點一點地擴大規模。雖然妳很強，但就讓天才來打倒妳，好讓妳明白自己的斤兩吧。」

「讓鮑麥斯特伯爵大人來打倒我？」

「各位！敬請期待鮑麥斯特伯爵的魔法吧！」

陛下對卡琪雅說教完後，就回到原本的座位。

「「「陛下！陛下！陛下！」」」

「鮑麥斯特伯爵大人！要贏啊！」

被留在場上的我，承受著包含陛下的分在內的眾多歡呼聲。

「看來不打不行了……」

「事到如今，居然還要和屠龍英雄對打啊。真不錯。雖然可能贏不了，但真想打打看。」

疑似戰鬥中毒的卡琪雅，似乎很高興能和我戰鬥。

她露出像是發現上等獵物般的表情，與我對峙。

「妳連打了八場，都不會累嗎？」

「除了最後的圭多大人以外，其他人打起來根本就不費力，所以不用在意。」

「既然妳都這麼說了……」

「鮑麥斯特伯爵大人，別因為覺得穩贏就大意啊。」

「真是多餘的擔心。」

結果到頭來還是變成了這樣，我們雙方互相拉開距離，點頭行了一禮後，最後的戰鬥就此開始。

「先下手為強！」

卡琪雅突然使出最高速的「加速」衝向我。

如果是以前的我，一定會嚇得立刻展開厚實的「魔法障壁」，但在內亂中與師傅戰鬥過後，我已經能夠冷靜地應付這種狀況。

我也對自己施展「加速」，並在與卡琪雅刺出的軍刀擦身而過的側面張開最小的「魔法障壁」，以最低限度的魔力避開了攻擊。

「喔，被看穿啦。」

「卡琪雅雖然快，但有點太過依賴速度了。」

雖然我也是這樣，但卡琪雅比我還要更加依賴速度。

所以就算她在經過一個星期的鍛鍊後，實力已經大幅增強，依然還是比不上我。

這樣我就能靠技術取勝。

「不過，你的攻擊魔法可打不中我喔。」

卡琪雅的速度很快，所以她認為自己能夠躲過我的魔法。

如果是以前的我，應該會用廣範圍魔法限制她的行動，但師傅曾教過我不能浪費魔力。

就趁這個機會，來展示我的新魔法吧。

「卡琪雅，雖然妳的軍刀看起來很貴，但抱歉啦。」

「咦？」

我在指尖做出兩條小「青火蛇」，讓「青火蛇」飛向卡琪雅。

對速度極有信心的卡琪雅立刻躲開，但「青火蛇」配合她的動作移動，直接纏上了她的軍刀。

雖然體積不大，但帶有超高溫的「青火蛇」，瞬間就熔化了卡琪雅的軍刀。

「好燙！我的軍刀！」

「我不是一開始就道歉了嗎？」

「看來你堅持想用魔法打倒我！」

「那當然。我又沒帶劍？」

我是魔法師。

所以當然是靠魔法打倒敵人。

「我可是冒險者，你覺得我會沒準備備用的軍刀嗎？」

卡琪雅迅速從掛在腰間的魔法袋裡，拿出備用的軍刀。

「雖然容量不像鮑麥斯特伯爵大人的魔法袋那麼大，但我有很多把備用的軍刀喔。」

「今天的戰鬥可能會害妳的庫存軍刀全部壞掉。趁現在先跟妳道個歉好了。」

「真敢說呢！」

我再次放出「青火蛇」打算熔化軍刀，但卡琪雅這次靠「連續加速」巧妙地閃躲。

連續施展「加速」，讓速度進一步提升啊。

「別以為同一招能對我用兩次！」

既然「青火蛇」沒用，我在上空做了一顆壘球大小的「火炎球」，讓「火炎球」飛到卡琪雅面前。

「這種程度的『火炎球』……」

卡琪雅一大意，「火炎球」就像散彈般炸開。

我本來以為至少會有一發散彈打中，但卡琪雅透過「加速」與軍刀，將所有攻擊都彈開或躲開。

「真快。」

如果只看速度，或許足以和露易絲匹敵。

不過考慮到她的魔力量，不難想像她能使用「加速」的時間有限。

我接連使出「岩槍」「冰彈」和「風刃」，不讓卡琪雅縮短距離。

「可惡！不愧是一流的魔法師。完全找不到破綻！」

卡琪雅努力想讓我露出破綻，她拔出腰間的小刀，連續朝我丟了好幾把。

她似乎瞄準了我的臉、腹部和四肢，但我立刻做出高溫的「火壁」，使得那些小刀在熔化後掉落地面。

「我特別訂製的小刀……」

「不過真的都打不中呢……」

我使出好幾種魔法反擊，但卡琪雅全都巧妙地躲開了。

我變化多端的魔法，和卡琪雅華麗的閃避動作，讓觀眾席響起了盛大的歡呼聲。

我們目前看起來是勢均力敵，讓觀眾覺得這場比賽非常有看頭。

「唔——我們今天是為了這個才來這裡的嗎？」

「師傅，你喝醉了啦。」

這場武藝大會原本是比劍術，所以沒有負責用「魔法障壁」保護觀眾的魔法師。

所以只好由已經喝醉的布蘭塔克先生和責備他的卡特琳娜，用「魔法障壁」保護觀眾席。

「不過都沒有攻擊波及到觀眾席呢。」

「伯爵大人應該有他的考量吧。所以我就算醉了也沒問題。」

「我倒是覺得很有問題……」

如果害觀眾被波及會很不妙，幸好卡琪雅幾乎無法進行立體的移動。

畢竟今天這裡沒有大樹給她爬。

只要我好好控制魔法，就不可能讓攻擊飛到觀眾席。

「你是在對我手下留情嗎？」

「是啊。」

「什麼！」

卡琪雅也是個有名的冒險者，所以應該能夠明白我的難處。

但對手當著她的面承認放水，還是讓她氣憤不已。

她激動地漲紅了臉。

「單論劍術，我贏不了卡琪雅，但在綜合戰鬥力方面，卡琪雅不可能贏得過我。」

「嗚嗚……」

我冷靜地陳述事實，卡琪雅像是覺得懊悔般緊閉雙唇。

「如果我這時候說卡琪雅比我強，妳會覺得高興嗎？」

「不會……我反而會生氣……但總之不管怎樣我都會生氣啦！」

卡琪雅接連躲過我放出的「火炎球」，重新調整好姿勢後，她再次舉起兩把軍刀衝向我。

「只要能夠拉近距離！」

卡琪雅相信只有這麼做才會有勝算，於是她灌注所有的魔力，使出至今最快的一次「加速」。

「這就是我隱藏的王牌！」

卡琪雅的魔力似乎快用完了，我的魔法有幾發掠過她的身體，讓她負傷。
雖然受傷時稍微皺起了眉頭，但卡琪雅的速度完全沒有減弱，瞬間衝到我面前。
「成功了！」
卡琪雅認為自己賭贏了。
她露出確信自己獲勝的笑容，但我多的是方法對付她。
我早就貼身展開「魔法障壁」，徹底擋下卡琪雅砍向我身體的那一刀。
使出渾身解數的攻擊被彈開後，卡琪雅立刻後退。
「好硬！」
「如果沒有卸掉衝擊應該會很痛吧，不要太勉強自己。」
「那件長袍該不會比普通的鎧甲堅硬吧？」
「哎呀，原來被妳看穿啦。」
我趁卡琪雅停下來時，拿出平常很少使用的魔法劍。
裡面包含的魔法，當然是火系統的魔法。
我沒施展任何假動作，直接舉起魔法劍，朝卡琪雅揮下以高溫的藍色火焰構成的劍身。
卡琪雅將兩把軍刀交叉，擋下我的攻擊。
不過那兩把軍刀，只是摻了少量祕銀的鋼製品。
所以她的武器又再次被超高溫的火炎熔化。

「抱歉啊，又弄壞了妳的軍刀。」
「還沒完呢！」
卡琪雅不肯死心，打算再次從魔法袋裡拿出備用的軍刀，但我可沒好心到等她。
我立刻放出小規模的「風刃」，切斷她用來把魔法袋綁在腰上的繩子。
卡琪雅無法動彈，她知道只要蹲下來撿魔法袋，就會被我的魔法攻擊，這樣她就失去了所有的武器。
「請妳投降吧。妳的魔力已經耗盡了吧？」
我輕易就發現卡琪雅的魔力已經幾乎用盡。
無法繼續使用「加速」的她，已經無計可施了。
我在卡琪雅的頭上設置了幾顆「火炎球」，只要她稍微輕舉妄動，就會被「火炎球」攻擊。
「可惡……如果只比劍術……」
「實戰不可能只比劍術吧？很遺憾，這就是現實。」
「我投降了……」
卡琪雅舉起雙手，這同時也代表我獲得了勝利，觀眾席裡響起一片歡呼聲。
「居然用魔法把劍熔化！」
「用了好多種魔法呢。」
「即使被軍刀砍到，依然毫髮無傷呢。」

觀眾席的客人們看到了有趣的餘興節目，都感到非常滿足。

對現在的王都居民們來說，這類型的武藝大會只是消磨時間的娛樂。貴族和王族拚命爭奪的獎品，都是與他們無緣的東西。

「雖然我以前也不是沒輸過，但第一次感覺到壓倒性的差距。看來你至今的戰績，都不是浪得虛名呢。」

「大部分都只是遭到牽連，或是被人拜託的結果啦。對了。」

我走向卡琪雅，用治癒魔法替她治療被魔法擦傷的地方。

「放著不管會留下疤痕喔。難得妳長得這麼漂亮。」

「我很漂亮嗎？」

「這可不是客套話，是客觀的評價。如果卡琪雅很醜，那這世界上大部分的女性都是醜女吧。」

「我……很漂亮……」

卡琪雅不知為何突然低下頭，所以我走向在一旁觀戰的陛下。

「陛下，我正常地獲勝了。」

「好久沒看到這麼有趣的戰鬥了。既然鮑麥斯特伯爵打倒了那個野丫頭，就負起責任娶她吧。」

「果然會變成這樣啊……」

事到如今，我已經無法拒絕了。

到頭來，比起將隧道的權利交給其他貴族，讓情況變得更複雜，不如統一由我來管理比較安全。

現在回頭想想，泰蕾絲的意見可以說是正確的。
她的預言漂亮地應驗了。
「威德林，本宮可不是預言家喔。只是覺得這樣解決最適當而已。」
泰蕾絲剛才也在一旁觀戰，該說真不愧是前菲利浦公爵嗎？
她和陛下做出了相同的結論。
「關於創設隧道警備隊，還有藉由負擔經費來代替納貢的事情，因為當事人已經只剩鮑麥斯特伯爵家，所以士兵的人數將變成平均分攤。對王國來說，算是賺到了呢。」
少了布雷希洛德藩侯家，王國就能提供更多的士兵。由於經費是由鮑麥斯特伯爵家負擔，因此王國這邊又多了更多職缺。雖然隊長只有一個人，但中、小隊長以下的名額會變多，可以分給沒事做的王族和貴族子弟。
就算被分不到利益的貴族們嫉妒，也能期待王國當我們的靠山。
「鮑麥斯特伯爵，請盡快讓隧道開通。」
「遵命。」
雖然多了隧道這個資產，但妻子也跟著變多了，該說是出乎意料，還是說這也是我無法逃避的命運呢。

第八話　隧道開通

「利庫大山脈大縱貫隧道的開通儀式，馬上就要開始了！」

在我戰勝卡琪雅後，又過了一個星期，我們快馬加鞭地進行準備，終於順利開通了隧道。

其實關於鮑麥斯特伯爵領地那邊的工程，羅德里希早就基於敏銳的預測，透過壓榨我的方式，在武藝大會前完成了最低限度的工程。

為了防止兩側的出入口周邊被自然災害掩埋，再來只要替土壤外露的部分鋪上石頭和水泥，以及替事先完成的街道進行鋪裝工程，就大功告成了。

至於馬車的停靠區和旅館設施，則是會配合保羅哥哥領地的建築物，等之後再一起進行移建和建造。

整頓旅館設施的工作還會持續一段時間，但這也是無可奈何。

這些工作的後續，可以交給羅德里希和保羅哥哥處理，目前還有另一個亟需解決的問題。

「話說奧伊倫貝爾格騎士領地那邊的隧道，果然也是全權由鮑麥斯特伯爵家負責管理嗎？」

「畢竟打倒卡琪雅的人是我。」

最後我們決定將奧伊倫貝爾格騎士領地與鮑麥斯特伯爵領地合併，並由鮑麥斯特伯爵家負責尋找其他土地，建立新的奧伊倫貝爾格騎士領地。

遵從法伊特先生的希望，我們最後在利庫大山脈南側，找到了一個適合種植馬洛薯的山坡。

除此之外，我們還必須替他們準備一塊比舊領地更寬廣的領地。

未開發地目前什麼都沒有，所以還需要援助他們轉移陣地。

既然從他們那裡獲得了隧道的權利，這麼做也是理所當然，不然在這次的武藝大會中淪為平民笑柄的貴族們，一定會跳出來抗議。

「保羅先生也需要援助，另外還必須顧慮到布雷希洛德藩侯大人的狀況。」

「說得也是。」

雖然趕不上隧道開通，但保羅哥哥的領地，正在建設供隧道使用者住宿的旅館，不過那裡的人口還不多，撥不太出人力蓋房子。

這部分也必須由我們派人去援助。

布雷希洛德藩侯家這次未能順利取得隧道的權利。

雖然布雷希洛德藩侯本人慶幸這次終於不用被其他貴族嫉妒，但在他的族人和家臣中，有許多人對此感到不滿。

為了顧慮到布雷希洛德藩侯領地的狀況，我們決定不要在舊奧伊倫貝爾格騎士領地上蓋太多旅館。

鄰近舊奧伊倫貝爾格騎士領地的布雷希洛德藩侯領地，目前正在建設旅館區。

反正舊奧伊倫貝爾格騎士領地，在蓋完駐守那裡的王國軍與鮑麥斯特伯爵家警備隊，以及他們家人的住宅後，就已經沒剩多少空間。

和隧道使用者做生意的事情，還是交給布雷希洛德藩侯家處理比較有效率。

這樣彼此都有好處，也能避免無謂的爭執。

「原來如此，威爾是為了讓舊奧伊倫貝爾格騎士領地這邊的出入口能夠趕上一個星期後的開通儀式，才會在這段期間拚命施工啊。」

「羅德里希那傢伙，根本是魔鬼。」

沒錯，在隧道開通前的一個星期，我一直在舊奧伊倫貝爾格騎士領地這邊移除隧道周邊的土石、替隧道進行防範土石流的補強工程，以及不斷地整地，好讓這裡之後能建設臨時檢查站、馬車停靠區和駐守警備隊的住宅。

……總而言之，就是拚命地工作。

「啊哈哈，沒想到連這邊都變成了鮑麥斯特伯爵領地。」

「這一點都不好笑！」

我本來以為就算其他貴族想爭奪舊奧伊倫貝爾格騎士領地，這件事也和我沒有關係，沒想到陛下直接裁定將那裡劃給我。

這麼一來，整頓隧道出入口與周邊地區的工作，就成了鮑麥斯特伯爵家的責任。

然後因為有我在——「開通前只要有一個星期做準備就夠了」、「這樣啊」、「因為鮑麥斯特伯爵會用魔法」——

雖然我不知道實際上是不是真的有這段對話，但絕對是因為有我在，才會決定提早開通隧道。

「鄙人相信以主公大人的實力，只要有一個星期就能完成最低限度的工程，讓隧道得以開通。」

再來就是羅德里希。

他似乎很想盡快讓隧道開通。

雖然魔導飛行船速度很快，但運費也很貴。

再加上鮑麥斯特伯爵領地非常大，即使將東西送到港口，還是得透過馬車運送到各地，增加運輸的成本。

如果是走山路，無論如何都會耗費許多時間，要是派出去的人與馬車太少，又容易被野生動物、翼龍或飛龍襲擊。就這點來看，隧道可說是最適合讓小規模的商人做新生意。

羅德里希在來我這裡當官前也吃過不少苦頭，所以應該是想支援那些打算開創新事業的小商人吧。

「話說回來，來的人比想像中還多呢。」

「是啊，這人數還真誇張……」

雖然單程的過路費是一百分，但開通日一到，許多商人都帶著裝載大量貨物的馬車來到這裡。

除此之外，也有很多人只做了旅行的準備。

大概是來參觀這座隧道的觀光客吧。

我沒想到還會有觀光客。

「開通儀式的時間到了！」

這個世界也有開通活動。

我、布雷希洛德藩侯和奧伊倫貝爾格卿，一起用充滿裝飾的刀子，切斷綁在隧道入口的緞帶。

我以前只在新聞上看過這樣的光景，所以自己參加時覺得有點興奮。

不枉我那麼努力施工。

「我要當第一個進入鮑麥斯特伯爵領地的人！」

「回程時，要不要順便在鮑爾柏格進貨啊？」

「沒想到像我們這樣的小商人也有機會賺錢，真是太棒了。」

「還可以順便參觀隧道，這過路費花得真是值得。」

「這裡也有人在警備，感覺很安全呢。」

我們一切斷緞帶，許多馬車便開始駛向鮑麥斯特伯爵領地。

從進入隧道的人們的對話來看，大家對這裡的印象都不錯。

「這也是理所當然。雖然比搭魔導飛行船慢，但費用便宜很多。走山路的情況就更不能比了。這麼一來，就算不是大商人，也能來鮑麥斯特伯爵領地做生意。交易量將會大幅增加。」

和我一起切緞帶的布雷希洛德藩侯，向我說明開通隧道的好處。

這座隧道將促進鮑麥斯特伯爵領地的經濟，而且光靠過路費，就足以支付隧道的維持費用，以及代替保鏢的「王國軍利庫大山脈大縱貫隧道警備隊」的經費。

「我的領地離舊奧伊倫貝爾格騎士領地很近，那裡也正在進行開發，所以我們也算是有分到一杯羹。」

布雷希洛德藩侯領地內靠近舊奧伊倫貝爾格騎士領地的那塊地區，原本實在不能算發展得很好。

那裡原本只有幾個零星的農村，但因為附近多了一座隧道，包含建設旅館區在內，那裡開始進行大規模的開發。

為了做隧道使用者的生意，那裡的人口也逐漸增加，布雷希洛德藩侯家的稅收當然也會跟著增加。

這麼一來，應該就能消除布雷希洛德藩侯的族人和家臣，針對鮑麥斯特伯爵家搶走隧道權利這件事產生的不滿了。

我原本只是「山對面的貧窮騎士家」的八男，所以應該要避免與名門布雷希洛德藩侯家產生無謂的爭執。

「已經找到適合讓奧伊倫貝爾格家搬過去的土地了嗎？」

「其實滿早就找到了。」

我們馬上就找到了新奧伊倫貝爾格騎士領地。

鮑麥斯特伯爵領地還有許多地方尚未開發，所以要找符合條件，又包含了利庫大山脈南側山坡的土地並不困難。

在那些候補地點當中，我們挑了一個相對離有人煙的地方比較近，又能輕易驅除翼龍與飛龍的地方，當作奧伊倫貝爾格家的新領地。

法伊特先生也保證那裡的山地適合大量生產馬洛薯，所以我們立刻就開始進行轉移。

那裡的民宅還不夠，所以法伊特先生與領民們是一點一點地搬家，同時開墾田地，他們現在已經開始生產馬洛薯了。

「動作還真快呢。」

「這也是法伊特先生的希望。」

『家的事情可以晚點再處理！總之必須盡快開墾馬洛薯田！』

法伊特先生表示可以先暫時住帳篷沒關係，但他想早點培養新田地的土壤。

於是我像之前處理鮑麥斯特騎士爵家時那樣，將舊奧伊倫貝爾格騎士領地的馬洛薯田裡的土，全都移到了新領地內。

反正為了進行防範土石流的工程和建造各種設施，隧道出入口附近的土原本就預定要挖掉，所以我把土全都搬到新奧伊倫貝爾格騎士領地了。

『土壤是農業的生命，真是太感謝了！』

接下來似乎馬上就能期待一定程度的收穫，這讓法伊特先生感到非常高興。

對他來說，土壤比任何財寶都要珍貴。

法伊特先生真的是個純粹的農夫。

「對他來說，種馬洛薯比管理隧道還重要。不過以長遠的眼光來看，或許那樣反而比較能讓奧伊倫貝爾格家長久地延續下去。」

「管理不熟悉的隧道，反而容易露出馬腳，自取滅亡嗎？」

「如果奧伊倫貝爾格家是男爵家，我們倒還有可能提供援助……」

如果接下超出能力範圍的工作，結果卻未能好好管理隧道，在最壞的情況下，奧伊倫貝爾格家或許會被王國沒收領地。

其實迴避了這項危機的奧伊倫貝爾格卿和法伊特先生，或許並不只是區區的卑微貴族。

唉……當然他們也可能單純只是被從未見過的陛下與大貴族給嚇呆了。

「雖然發生了許多事，但幸好都順利解決了。這次真的費了不少工夫呢。」

「嗚嗚……對不起……」

布雷希洛德藩侯才剛說完，某人就低著頭向他道歉。

就結果而言，是卡琪雅讓隧道的權利問題變得那麼複雜。

她今天穿著禮服，陪奧伊倫貝爾格卿一起來到這裡。

那件禮服是武藝大會開始前，她還住在王都的鮑麥斯特伯爵官邸時，由艾莉絲她們替她挑選的，所以她穿起來非常合身。

卡琪雅原本就是個五官端正的美少女，所以吸引了許多來參加隧道開通儀式的賓客們的注意。

不過她本人不習慣這種事，顯得非常難為情。

「妳就是那位勇敢採取行動的奧伊倫貝爾格卿的千金啊。」

「聽說妳把那些貴族和王族的子弟全都擊敗了？」

「我當時也有去看比賽喔。不過最後的對手實在是沒辦法。」

「是鮑麥斯特伯爵大人吧。就算是厲害的冒險者，也贏不了屠龍英雄吧。」

「繼前菲利浦公爵大人之後，鮑麥斯特伯爵大人又多了一個戰利品啊。」

雖然這些發言聽起來都對女性很失禮，但這個世界的人的想法就是這樣。

卡琪雅也在輸給我後，成了我的人。

王國裡的所有人，應該都是這麼認為。

「卡琪雅小姐，這樣妳懂了嗎？要是妳那時候能夠安分一點，就不會輸給鮑麥斯特伯爵，並被當成戰利品嫁給他了。這樣妳就能繼續自由地當冒險者了。」

布雷希洛德藩侯開導卡琪雅，告訴她如果想堅持自己的主張，在失敗時就會背負相對應的風險。

雖然卡琪雅給布雷希洛德藩侯添了不少麻煩，但作為人生的前輩，布雷希洛德藩侯還是溫柔地給予卡琪雅忠告。

「我也有在反省自己太過輕率。雖然因為輸給鮑麥斯特伯爵大人而被迫嫁給他，但就結果而言，這樣或許反而比較好。」

「喔，為什麼妳會這麼想？」

明明因為輸掉比賽而必須嫁給我，卡琪雅卻不覺得討厭，她的反應勾起了布雷希洛德藩侯的興趣。

「我好歹也算是個有名的冒險者。尤其在狩獵翼龍與飛龍方面，更是占有一席之地。我本來很擔心這樣的自己，會不會沒辦法正常地結婚……」

我曾聽說女冒險者愈是厲害，就愈難結婚。

並不是只要和實力相當的男冒險者結婚就好。

因為那些男冒險者在找結婚對象時，不需要特地挑選同行。

他們都很會賺錢，所以想找個漂亮又賢淑，條件又好的女性並不困難。

「要是夫妻吵架，應該會很不得了吧。」

「我認識一對實力差不多的冒險者夫婦，他們只要一吵架，附近的鄰居就得跑去避難，不然可能會被捲進去。」

不過那算是非常罕見的例子。

優秀的女冒險者大多單身，而且也不是所有人身邊都有比自己年輕的愛人。

「鮑麥斯特伯爵大人不僅能打贏我，還誇我漂亮……」

卡琪雅說到一半，就紅著臉低下頭。

我當時並不是在說客套話，只是她真的對男性沒什麼免疫力，雖然她能正常地和朋友與同行互動，但只要一在意起對方就會失常。

「鮑麥斯特伯爵也變得會稱讚女性啦。真是太好了。」

布雷希洛德藩侯也真是的，就算是我，也不至於連這個都不會……就在我這麼想時，奧伊倫貝爾格卿和法伊特先生也來打招呼了。

「關於這次的事，卡琪雅真的是給各位添麻煩了。」

兩人代替卡琪雅低頭道歉，不過他們現在已經開始順利在新領地種植馬洛薯了，所以表情看起來非常平穩。

「兩位太多禮了。我們也能體會令嬡的心情……」

其實照理來說，應該是要讓奧伊倫貝爾格家管理隧道……布雷希洛德藩侯以此為理由，反過來安慰兩人。

「我和法伊特都覺得自己不適合管理隧道，因為我們比較喜歡務農……」

人如果把不習慣或不適合自己的事情當成家業，會過得非常辛苦。

所以這對父子才會答應將隧道的權利轉讓給別人。

「我知道卡琪雅是認真在替奧伊倫貝爾格家著想。法伊特也並不討厭卡琪雅。這是生存方式的問題。」

「爸爸……」

「而且，我們奧伊倫貝爾格家能夠確實地靠農業一步一步地繁榮起來。畢竟人不吃東西就無法生存。幸好鮑麥斯特伯爵大人也願意幫助我們。」

「鮑麥斯特伯爵大人援助農業？」

「當然，都不是些非常專業的事情。」

雖然目前還沒什麼知名度，但奧伊倫貝爾格家獨占了美味馬洛薯的種植技術，所以只要開發出能活用這項技術的領地就行了。

「馬洛薯可以賣得比番薯貴。換句話說，就是有商機。」

在氣候相對溫暖的王國，許多領地都有種植番薯，並將使用番薯製成的產品當成特產。

奧伊倫貝爾格家很難從現在開始打入這塊市場，但如果是種植條件與方法都非常特殊的馬洛薯，就沒有競爭對手，能夠當成一門特殊的生意。

「我請法伊特先生在維持品質的情況下，增加馬洛薯的種植量，再將那些馬洛薯製成加工品販賣，以增加收入。」

應該也能做成薯乾、花林糖、薯片、番薯糖或番薯酒。

雖然有很多地區會將番薯做成這類食品，但味道都比不過馬洛薯。

畢竟甜度的差距實在太大了。

「也可以當成材料，賣給王都的甜點店。只要在王都流行起來，就能吸引到更多人，進貨的價格也會提升。」

「原來如此，還有這種生意方法啊。」

「我打算用隧道權利帶來的收益發展顧問事業，目前主要是針對開發新領地與培育產業。我們也會幫忙介紹商人，所以不用擔心。」

即使是這樣的條件，鮑麥斯特伯爵家依然能獲得龐大的利益，所以這點程度的援助本來就是應該的。

「法伊特也鼓起了幹勁。雖然要維持品質非常困難，但現在的領地非常寬廣，因此可以對奧伊倫貝爾格騎士領地的發展抱持期待。」

「原來哥哥也確實擁有身為貴族的驕傲啊。」

「只是和其他貴族有點不一樣。所以卡琪雅可以放心地嫁人喔。」

「確實是這樣沒錯。」

「雖然我是第一次說這種像貴族的話，但如果卡琪雅不嫁給鮑麥斯特伯爵，我們在各方面都會很困擾呢。」

這樣會害我們的援助變少，所以好好嫁過去吧。

這應該是在回敬卡琪雅之前講的那些關於貴族驕傲的話吧。

就像是在挑釁她：「妳該不會拒絕吧？」

「我知道了啦。」

「妳以前回老家時，明明只要一聽見相親的事情就會不開心，今天到底是吹了什麼風啊？」

奧伊倫貝爾格卿果然經常幫卡琪雅安排相親。

不過就這個家的狀況來說，只要一結婚就得留在奧伊倫貝爾格騎士領地生活。

卡琪雅就是因為討厭那樣，才會拒絕相親。

「爸爸，能夠以壓倒性的實力擊敗我的男人，可沒那麼好找啊。」

「原來如此。」

卡琪雅果然經常用戰鬥力來評估別人。

她是因為輸給了我，所以才不介意嫁給我。

「大部分的男冒險者，都是些沒什麼了不起的傢伙。就這點來看，鮑麥斯特伯爵大人雖然有兼差當冒險者，但依然是個紳士。」

「我是紳士啊……」

我搞不懂卡琪雅對紳士的標準，但既然她都這麼認為了，那應該沒什麼問題。

「卡琪雅長得很漂亮，只要平常能安分一點，應該能更早嫁人……我本來是想這麼說，但那樣就不像卡琪雅了。」

「哥哥，你怎麼可以這樣講。」

「因為瑪莉塔也這麼說。」

「你們這對夫妻實在太過分了。」

看來法伊特先生和卡琪雅的關係，已經恢復到能夠像這樣親密地對話，真是太好了。

「前陣子在競技場，真的是讓您見笑了……」

下一個來打招呼的，是陛下非常關心的姪子圭多大人。

他是王族，所以其實不用對我這麼有禮貌，但他還是表現得彬彬有禮。

陛下大概就是中意他這一點吧。

「我從昨天開始就任警備隊隊長一職，但沒有發生什麼大問題，與湯瑪斯大人也有保持密切的聯絡。」

最後是圭多大人，被指派為警備隧道的王國軍負責人。

他被陛下任命為名譽貴族，他的子孫也能世襲隧道警備隊隊長的職位。

畢竟是要前往遠方任職，所以隧道的警備隊員們，都必須和家人一起住在這裡。

所以圭多大人才能建立自己的家門，並獲得能夠世襲的職位。

據說沒什麼人反對。

畢竟圭多大人是唯一能和卡琪雅長時間戰鬥，勉強替貴族們保住面子的人。

其他只能被平民們辱罵的貴族子弟，根本就無法和他相比。

「嗯，這也是實至名歸。」

卡琪雅對雖然沒什麼才能，但認真鍛鍊劍術的圭多大人也有很高的評價。

即使比自己弱，她還是不討厭這種認真的男性。

「話雖如此，我還是有很多不足的地方。以後必須繼續精進才行。」

聽說圭多大人是王弟殿下的小孩，但他的母親身分低下，而且他還是四男。

雖然他因此無處可去，只能讓軍隊暫時收留他，但他並沒有因此墮落，依然認真鍛鍊劍術。

如今，他的努力總算獲得了成果。

「宿舍還沒有完工，所以我們暫時得住帳篷，但一年後，隊員們就可以把家人也找來了。」

目前還是以開通隧道為最優先，警備隊員只能住在緊急搭建的小屋或帳篷。

不過宿舍再過不久就會蓋好，只要再忍耐一陣子，就能和家人一起住了。

「雖然目前有在趕工，但蓋房子無論如何都會很花時間。而且等宿舍完工後，圭多大人又會遇到新的麻煩吧。」

隧道的權利最後落入鮑麥斯特伯爵家的手中，圭多大人也因此成為貴族，能讓子孫世襲警備隧道的職務。

所以貴族們接下來，當然會希望能將自己的女兒嫁給圭多大人。

這個世界一直都是這種感覺。

「你應該收到了很多相親邀請吧？」

「雖然不是沒有，但我全都拒絕了。」

面對布雷希洛德藩侯提出的問題，圭多大人乾脆地回答自己全都拒絕了，但這種事情真的有可能嗎？

「你已經有未婚妻了嗎？」

「是的，就是這樣。」

就算是不被需要的王族，圭多大人依然是王族。

所以有未婚妻也很正常。

「我有一個不嫌棄我的青梅竹馬……」

雖然看起來有點難為情，但圭多大人開心地聊起他的未婚妻。

他明明是陛下的姪子，卻因為母親的身分而被人嫌棄。

即使如此，為了關心他的陛下，他還是沒有自暴自棄，認真地生活。

在這段日子裡，唯一會正常與他來往的，就只有波伊斯子爵的次女。

大部分的王族都視圭多大人於無物，那位女性可說是唯一理解他的人。

「我跟凱雅約好了，只要一獨立就會和她結婚。她也一直在等我……」

「那真是恭喜你們了。」

「那真是太好了，恭喜你們。」

表面上，我也接在布雷希洛德藩侯後面向圭多大人祝賀，不過內心……

出現了，又出現了。

跟青梅竹馬約定結婚，並真的實現的人。

繼法伊特先生之後，又出現一個刺激我心靈創傷的敵人。

倒不如說，圭多大人根本就沒有懷才不遇。

因為他最後當上了警備隊隊長，還和約定結婚的青梅竹馬訂下了婚約。

「喔，真是純愛呢。我也覺得好羨慕。」

「陛下也認同了我們，所以我之後也要努力讓凱雅幸福。雖然暫時無法見面，但剛好她也忙著在準備婚禮。」

看來陛下也很寵自己的姪子。

不對，正因為他的姪子擁有那樣的人生際遇，陛下才會覺得讓兩情相悅的人結婚也沒什麼不好吧？

但不知為何，我就是覺得不爽。

艾莉絲她們都是很好的妻子，但我的憤怒已經不講理到讓我忽視了這個事實。

「（為什麼我的周圍都是一群能夠實現與青梅竹馬結婚，這種讓人羨慕得要死的事情的人啊？）」

不過我又不能對陛下的決定有意見，嫉妒的火焰，逐漸填滿了我的內心。

「（可惡！其實我連青梅竹馬都沒有啊！）」

在鮑麥斯特騎士爵家生活的時候，我根本沒有和女孩子成為青梅竹馬……不如說在認識艾爾之前，我連同性的朋友都沒有。

小時候的威德林，似乎也很少和埃里希哥哥以外的人說話，所以我也沒繼承到任何年齡相近的朋友。

不對，我小時候唯一的朋友，就是未開發地的自然環境。

嗯，客觀來看，真是個寂寞的傢伙。

我。

前世也……不行啊。

不管再怎麼回想，我都沒有和女孩子成為青梅竹馬……

我只認識男的！

「隧道已經順利開通，再過不久就能建立起完整的警備體制，宿舍和城鎮的建設都非常順利，隧道兩側的出入口附近也開始變得熱鬧。哎呀，真的是太好了。」

最後布雷希洛德藩侯做出了這樣的總評，隧道騷動也總算順利落幕。

雖然我的內心因為青梅竹馬二連擊而稍微受到了一些傷害，但我決定早點回家，讓亞美莉大嫂安慰我。

隧道就這樣開通，就結果而言，我又多了一位妻子。

卷末附錄　女僕的下午，滯留王都官邸篇

「主人指名我和多米妮克姊過去幫忙？」

「沒錯，快點開始準備吧。」

我和多米妮克姊，突然必須前往位於王都的鮑麥斯特伯爵官邸。

好像是因為和之前的隧道事件有關的貴族千金，要暫住在王都的官邸，所以那裡臨時需要人手。

多米妮克姊是艾莉絲大人的童年玩伴，我是艾爾文大人的側室人選。

從立場上來看，會指名我們也很正常。

「接下來要去王都嗎？會很花時間吧。」

「放心。用主人的魔法，一下就到了。」

啊，原來如此。

因為那裡亟需人手，如果搭魔導飛行船移動根本不可能來得及，所以主人會用他擅長的魔法帶我們過去。

「雖然一瞬間就會到，但在那之前，我們得先準備好必要的東西。」

「我知道了。」

話雖如此，大部分的必需品都可以直接在王都買，我們馬上就做好了準備。

「那麼，出發吧。」

來接我們的主人開口說道，他是個非常隨和的人。

主要是因為他並非一出生就是大貴族吧。

「要走囉。」

「一拜託您了。」」

我們回答完後還不到一秒，就從鮑爾柏格領主館的中庭，移動到王都官邸的庭院裡。

「多米妮克姊，好厲害喔。」

這是叫「瞬間移動」吧，我是第一次體驗，所以驚訝得不得了。

「回鄉探親時，如果能請主人用那個魔法送我回去，應該會很方便吧。」

「哼！」

與主人分開，來到王都官邸的女僕專用房間放行李時，我忍不住這麼說道，結果又被多米妮克姊揍了一拳……她的拳頭總是那麼痛……

「那可是整個王國只有幾十名魔法師會用的貴重魔法，怎麼可能用來送蕾亞回老家啊！」

「我開玩笑的啦。」

「就是因為妳真的有可能去拜託人家，才讓人覺得困擾。」

「嗚嗚……就算是我，也不可能那麼做啦。」

雖然如果有機會的話就難說了。

「啊，對了！好久沒被打，我十歲時遇見的初戀男性的長相……」

「妳真的忘記了嗎？」

多米妮克姊一臉擔心地看著我。

畢竟關係到初戀，所以讓同為女性的她感到愧疚了嗎？

「仔細想想，我的初戀根本就不是在十歲。」

因為那時候的我，周圍就只有大叔和小鬼。

我不喜歡同年或比我小的男性。

「哼！」

「好痛……上星期的休假，我在西式甜點店『布蕾布納』吃期間限定的蛋糕吃到飽的幸福記憶……」

「妳這不是還記得嗎？話說為什麼妳沒把這個情報告訴我？」

「因為多米妮克姊在那段期間沒休假，而且多米妮克姊的老公不是討厭甜食嗎？再加上妳還要顧小孩。」

別看多米妮克姊這樣，她可是已經結婚，而且前陣子才剛生了小孩。

她平常非常照顧其他女僕，所以至少假日時應該讓她待在家裡。

我覺得與家人共度的快樂時光，是不可或缺的。

「雖然我很忙，但如果事前就知道，還是能抽得出時間，下次一定要告訴我，知道了嗎？」

「好啦。」

感覺有點離題了，總之我和多米妮克姊來到王都官邸，照顧主人他們和客人。

＊　＊　＊

「這些人每天來都不會膩嗎？」

「畢竟他們也很拚命啊。」

我和多米妮克姊在庭院曬衣服，但屋外聚集了許多貴族。

他們好像是想要向寄宿在這裡的卡琪雅大人宣傳自己。

彈奏樂器、唱歌、跳舞、吟詩，就連畫畫的人都有。

那是在畫卡琪雅大人嗎？

雖然我懷疑做那些事情有什麼用，但因為目前沒造成任何危害，所以主人也說不用理會他們。

「話雖如此，拜那些人所賜，主人他們在武藝大會前都無法外出呢。」

這麼說來，從幾天前開始，就一直是由我們負責出去買東西。

艾莉絲大人他們只要一外出購物，就會被那些人纏上。

不過那些人完全不會理我們這些局外人。

「話說回來，那些歌曲和舞蹈還真爛。」

「蕾亞，他們好歹是貴族，所以不能讓他們聽見妳說他們的壞話。」

「我知道了。」

「他們可能會藉故向主人抗議，主張『你的女僕對我無禮，讓我見卡琪雅大人當作賠罪』。」

原來如此，看來外面那些人都已經被逼得走投無路了。

「在武藝大會結束前，我們只要默默工作就行了。別做多餘的事情。」

「我知道了。」

難得來到與艾爾文大人這麼近的地方，那些人卻害我無法在王都約會。

我也差不多想約艾爾文大人一起出門了，但現在連遙大人都無法外出，所以根本就沒有機會。

「真遺憾。難得我換了新的女僕裝……」

「這和女僕裝有什麼關係？」

「這是主人發給我們的新女僕裝喔。雖然沒有給已婚又有小孩的多米妮克姊，但年輕的我穿這件女僕裝非常好看，艾爾文大人看了一定也會非常興奮。『蕾亞，妳今天很漂亮呢』、『謝謝你，艾爾文大人』、『蕾亞，妳真的好漂亮』、『啊啊，不行！艾爾文大人！我們都還沒正式訂婚！』、

『蕾亞實在太有魅力，我忍不住了！』、『不行啦！』大概就像這種感覺。我姑且會假裝抵抗，但如果真的發生那種事，我還是會要他負起責任。咦？怎麼了？多米妮克姊？」

多米妮克姊不知為何以憐憫的眼神看向我？

「蕾亞，妳看那裡。」

「咦？」

我按照多米妮克姊的指示看向外面的貴族們，他們也對我投以憐憫的眼神。

「（咦！為什麼？明明是他們的歌曲和舞蹈比較悽慘！）」

「（看在他們的眼裡，蕾亞應該比他們還要悽慘吧。）」

怎麼這樣……

明明是那些人比我悽慘！

畢竟我只是個希望能快點和艾爾文大人進行以結婚為前提的交往的純真少女。

「總而言之，艾爾文大人最近也很忙，妳不要去打擾他。」

「我知道了。」

好不容易來到王都，結果我還沒有機會和艾爾文大人約會，就回到鮑爾柏格了。

唉，我何時才能正式成為艾爾文大人的未婚妻呢？

角色設定草稿

卡琪雅

老師的新娘是16歲的合法蘿莉？ 1 待續

Kadokawa Fantastic Novels

作者：さくらいたろう　插畫：もきゅ

在小學生中找出年滿16歲的合法蘿莉？
第13屆MF文庫J新人賞佳作，歡樂登場！

六浦利孝是個高二生，想當老師的他，必須通過養父——德田院家當家大五郎的考驗，才能加入曾經培育出許多優秀教育者的德田院家擔任教職。然而養父的考驗，竟是從小學生模樣、自稱是他未婚妻人選的四位女孩中，找出唯一的合法蘿莉？

NT$220/HK$68

新妹魔王的契約者
The Testament of Sister New Devil
11
上栖綴人
插畫○大熊猫介
(Nitroplus)
Kadokawa Fantastic Novels

國家圖書館出版品預行編目(CIP)資料

八男?別鬧了! / Y.A作 ; 李文軒譯. -- 初版. -- 臺
北市 : 臺灣角川, 2018.03-
冊 ; 公分
譯自 : 八男って、それはないでしょう!
ISBN 978-957-564-082-8(第10冊 : 平裝). --
ISBN 978-957-564-298-3(第11冊 : 平裝). --
ISBN 978-957-564-617-2(第12冊 : 平裝)

861.57 107000212

Kadokawa
Fantastic
Novels

八男？別鬧了！ 12

（原著名：八男って、それはないでしょう！12）

2018年12月17日 初版第1刷發行

作者：Y・A
插畫：藤ちょこ
譯者：李文軒

發行人：岩崎剛人
總經理：楊淑媄
資深總監：許嘉鴻
總編輯：蔡佩芬
編輯：黎夢萍
美術設計：黃永漢
印務：李明修（主任）、黎宇凡、潘尚琪

發行所：台灣角川股份有限公司
地址：105台北市光復北路11巷44號5樓
電話：（02）2747-2433
傳真：（02）2747-2558
網址：http://www.kadokawa.com.tw
劃撥帳戶：台灣角川股份有限公司
劃撥帳號：19487412
法律顧問：有澤法律事務所
製版：巨茂科技印刷有限公司
ISBN：978-957-564-617-2
香港代理：香港角川有限公司
地址：香港新界葵涌興芳路223號
新都會廣場第2座17樓 1701-02A室
電話：（852）3653-2888